はだかのゆめ

甫木元空

新潮社

目次

はだかのゆめ

はだかのゆめ

午前3時。気づけば、かれこれ5時間くらい同じガムを噛み続けている。そろそろ彼奴《きやつ》が飛び出す時間。無骨な顔した岩々は、顔に似合わぬ協調性をみせつける。ココ、東鳳翩山《ひがしほうべんざん》の山頂で、一人。寒いのか、暑いのか、痛覚は疾《と》うに通り越し焚き火のチョロチョロと揺れる火に目を向けながら、父の骨壺を抱き、分裂をくりかえす。もう死にぞこないの火を、生きながらえさせたい、枯葉でもくべてやるか。と、思ってはいるものの。いっそ眠らせてやれと願う彼奴が、子供でもあやすかのように口を大きくあけて、話しかけてくる。脳からの信号は木からしたたる樹液のようにトロくなり、言葉には輪郭がなくなった。耳には彼奴の声がやまびこのようにこべりつく。あぁ、まったく身動きが取れない。そういえば小学校6年の時、父に彼奴の事を相談した事があった。下校の時間、ニヤニヤした顔を新車から覗かせて。山登りが好きだった父が、家族みんなで移動できる様にと、ステップワゴンをこしらえた。オブラディ、オブラダのリズムに合わせて、ブラウン管の中で、クルクル回転していた車が突然目の前に現れたのだ。ワンタッチで自動開閉する窓ガラスを得意げに操作する父の手は、はしゃいでいた。そんな父を横目に僕は新車の匂いを嗅ぎながら、ビニールに包まれた座席に腰掛けもう一人の自分、彼奴の話をした。父はそれまでの浮かれまくった顔を豹変させ、ボーッとしてるからだ！　と怒り出し、少しは運動しろと車を降ろされ、走って帰るはめになり、挙げ句の果てには翌週からサッカー少年団に入る事になってしまった。なんとまぁ、とんでも無い事を口から漏らしたものだと思い、これ以降、彼奴の話は誰にもしていない。

——ッチャ、ッチャ。

いよいよ彼奴も、ガムを噛みはじめた。オイオイ、お前さん。ココはオイラのねぐらだよ。登山やハイキングの休憩所でおなじみの常設の机と椅子。その机を台にして寝袋にくるまる僕の上空に、フッと。ハンドルが浮かび上がった。

——あぁ、いよいよ……

もし椅子に座っていたらハンドルは握るのにちょうどいい高さなのだろうが、机の上で寝ている僕にとっては遠すぎる。顔すれすれに浮かぶだけならまだしも、ハンドルは右に左に動きだす始末。地上から数センチ浮き始めた体は自動運転に身を任せ、自分が動いてるのか？　周りの風景が動いているのか？

——ヒャ、ヒャ、ヒャ。ブビ。

奇怪な笑い声は鼻にひっかかり、ブタっ鼻が轟く。ならばいっそ、宙に浮いている事に楽しみでもこしらえてみようかしら。僕の脳みそはこの奇怪な展開にも白けた態度でボーッとしている。今、どこらへんを飛んでいるのか。雲の切れ間から見える看板は今にも飛びそうで、グルングルン名前をバタつかせている。ガムを吐き出す気力はどこへやら、何が自転し誰が公転してるのか？　宙に浮き、冷凍されたマグロのように華麗な横移動を見せる心技体。あれは死に体だが、僕は生きている。これが、ワープというやつか。どうも時間に身を預けているのが苦痛になってきた。

「あ……」

久方振りに発した声は宙返り、側転を繰り返している間に声の主は入れ替わる。

――そろそろ休憩しませんか？

休憩させたいのか、どこかに連れて行きたいのかどっちかにしろ。と思いながらおしゃべりなハンドルを睨みつける。

「ひたすらまっすぐ」

適当な事を口走ると、彼奴の哀れむ視線を感じる。いつでも彼奴からの一方通行。そんな事言ってどうするの？　大丈夫なの？　いつも彼奴は頬杖をつき、僕の肩に手をのせ焦らせてくる。冷静に振り子を逆に振る彼奴の振る舞いに、脳みそがユレル。そんな反動に身をまかせ、投げやりなやる気でガムを吐きステタ。

――ぷ、ポテ、コロン。ぐちゃ。

いっそ、オレの頭も後方のダレカさんが轢いてくれないだろうか。いつだって、頬を伝うのは、後悔。あくる日には、まだ見ぬ今日が来ないものか。明日は、違ったニンゲンになれないものか……

──もしもーし。モシモシ。ふむふむ。なるほどです。

あーあ、このまま。ベッドとくっついて時間と速度でもって、溶け出さないものだろうか。ダレカの精子となって、ティッシュに包んでトイレに流して欲しい。今日も今日とて、後悔だけが脳をはいでて頬を伝う。そんな時にかぎって彼奴は、声を殺してコチラをジッと見つめる。

──そろそろ、任務に戻ろうか。

いつでも彼奴はきやすく喋りかけてくる。

──ぐーすかハチベエ、頭を使え。体を乗り換えろ。ぐーすかハチベエ、明日を対価に、今を乗り換えろ。ぐーすかハチベエ！

小鳥の歌が朝を呼び、時間を4時間進ませた。焚き火は燃え尽き、沈黙が山頂に居座っている。寝袋にくるまる僕は目をあけた。朝露が頬を濡らす。たぷん、たぷん。僕らの体に潜む水がユレタ。

──水には記憶が織り込まれて居て、そいつがどうも夢を見せるらしい。そこに波動を巡らせ、まとわせ、明日に駆け出す物語を物語る。夜になると、川に記憶をたれながし、記憶は海に沈んでいく。80億人の思考の彼方に、捨てられた記憶をすくい上げ鯨がピュッと潮を吹いた。そんなこんなで雨が降る。

「誰でもいい、彼奴の口を塞いでくれ」

　ドサ。目を閉じた先に見える暗闇に、白いチョークの波が揺れる。瞳にかぶさる二の腕の重さから見えた幻想か。どんどん立体的になっていく。その波にのまれ、流された瞬間、むなしいダンボールの山頂で僕は目覚めた。ボーッとあたりを見渡してみるも、ダンボールの山がいくつも積み上がっているのみ。無駄に個数でも数えてみる。1、2、3。ドタドタと階段を上る鈍い音が部屋に響いた。ピンポーン。予定より早く、十条での彼女との同棲生活の終わりを告げるチャイムが鳴った。「自分の物ばっか。自分の事ばっか」彼女が最後に吐いた言葉が脳内をゆっくり散歩している中、エッサ。エッサ。汗だくの引っ越し業者が、露骨すぎる表情でダンボールを一つ一つイヤイヤ持っていく様はどうも複雑な感情を生む。昔からの変な癖だが、いわゆる作業着を身にまとった人たちを見ると、何かの工作員？　スパイ？　悪人に見えてきてしまう。幼稚園生の時分、向かいにそびえ立つスーパーの屋上にいる清掃員が、自分を狙うスナイパーだと思って生きていた。何を隠そう自分は平穏な幼稚園で一人、ヒーローだと錯覚していたのだ。あぁ。あの時分は、悪の組織から必死に身を守りながら生活したものだ。時が経ち、小学校に上がるとまず、授業中いつどこから大量の弾丸が飛んできても大丈夫なように妄想を漢字ドリルの隅に書き起こしリハーサルを繰り返す。机を盾に、人並み外れた脚力で、好きな子を銃弾の雨の中救いだすシミュレーションは完璧だった。その時分の自分よ。よく聞け、20年後の現実はこのザマだ。

彼女はココに残り生活を続けるらしい。

カビ臭い父の残した大量の本たちが運び出された今、畳の匂いを初めて感じる。部屋の広さに少し驚きつつ。自分の物が残ってないか、少しうろついてみる。思っていたより、広い。手を叩くといつもより響く。「あわわわわ」口先を手でたたき奇声を発してみる。「うるさい」向かいの家の洗濯機が今たしかに喋った気がした。こちらの動揺など気にせず、渦は逆回転を始め、ガラガラと泡の中からおしゃべりな映写機が顔をだす。フィルムは走りだし、ランプが点灯。投影されるイメージにハハッ。母親の胎内で聞こえる音は、もしかしたらこんな音なのではないか？　のんきな脳内映画に時間が溶けていく。

夕暮れの光と共に洗濯機の回る音を聞き。天井を見つめていたら一日が終わり夜を迎えた。何故ダンボールに詰めなかったのか。完成したケーキを閉じ込める透明なケース。電子レンジ用鉄板の取っ手。引っ越し先に荷物が届くのに時間がかかるとの事だったので、小型扇風機。あとは、寝間着。あらためて見返すと、ガラクタと呼ばれるものたちをキャリーバッグにむりくり詰め込んだ。

重い。遠心力でもって、お荷物と化したキャリーバッグをハンマー投げの様に投げ飛ばしたら、どれほどスッキリするだろう。階段をエッコラ、エッコラ下ると、エントランスの窓ガラスに汗だくの自分が。ますますこのまま捨ててやろうかと思ったが、なんのこっちゃない。地に足が着き、ガラガラと音を立て、いざ旅が始まると、いい相棒に思えてくる。左手に携帯、右手にキャリーバッグ、それらに信号を送る脳を右に左にグルグル揺さぶり、果たして誰が主人なのか。僕はキャリーを引かせていただき、Google の指示通り歩かせていただく。今日の集合場所はいつもと違う。

近頃、ココ、Tokyo では、外国人観光客が持ってくるWi‐Fiなど、様々な電波が飛び交いすぎて電波障害が起きているらしい。嘘の方角を教え続ける主人に翻弄されながら、やっとの思いで目的地東京駅鍛冶橋駐車場に到着。電光掲示板がチカチカといくつかのバスの到着を教えると、仮設のプレハブ小屋に待機していた人達がアナウンスに導かれ一斉にバスの方へ動き出す。

「一列に並んでください！　一列でお願いします！　お名前は？」

パツンパツンな黄色のジャンパーをシャカシャカ鳴らしながら「並んで！」と怒号を飛ばしていた人とは到底同一人物に見えない優しい「お名前は？」に、おもわず顔がゆるむ。

「ホッキモトソラです」

「ハ、ハ、ハ、」

おいおいお前さん。軽快にハ、ハ、ハ、と発しながら下っていく指先にオイラはいないよ。

「ホです」

「ん？」

自分の失態をごまかすように、無駄に何度もペラペラと紙をめくっているが文字は自ら名乗り出はしない。

「すみません。もう一度お願いします」

今後の人生で、何度この作業を繰り返すのだろう。持って生まれた名前と足りない滑舌によって、小、中、高とクラス替えが行われる度、呪文のように繰り返し唱えられる名前。

「ハッキモトくん！　あれ、ヘッキモトくん？」

「ホです。ハヒフヘホの。ホッ！」

なぜ日本人はこんなにも伝えにくい、ホ。という言葉を生み出したのだろう。通過儀礼とでもいうか。もう、伝わらない事に慣れてしまった。

「5のAです。どちらで降りられますか？」

「高知駅です」

切符など見せずに、名前と降りる場所を言えば乗れてしまうこのシステムは、便利だが、大丈夫かなぁ？　気を抜くとすぐにコメンテーターを気取る彼奴を引っ叩き、カラン、コロン。空っぽの頭に想像力を補充する。添乗員に軽く会釈をして、キャリーを預け、夜行バスに乗り込んだ。珍しくバスは空いていた。これはぐっすり眠れそうだ。冷めきった弁当の様に、どこか惨めな青白い車内。椅子はあらかじめ倒されており、さながら西部劇の序盤で一気に倒されるちょいワル市民。自分の座席を見つける。隣にだれも座らないでくれ、と願うだけ願ってみるが、こんな事に運は使いたくないので訂正。瞳を一度閉じてみた。

バスは気がつくと走り出していた。どこからか、キイキイ軋む音が不安を煽る。夜のビル群は、背中を丸めたスーツのおっさん達がドロドロと歩く姿に見え、流れていく。高速に乗るとすぐに消灯。ポキン。いつのまにか、胴より上はマッチ棒のようにへし曲がり、窓ガラスと混ざり合っていく。口はポッカリと開き、空気感染真っ最中。小刻みに揺れる振動と、何本もの光の筋がカーテンの隙間から差し込む。枝葉のように分かれた光は天を昇っていく様に、カラヤン指揮のもと奏でられる交響曲に合わせて舞い上がっていく。スルリ。スルリ。足元を見れば、スケート靴を履いていて、天にでも昇って踊り狂おうか。スルリ、スルリ。スルスルスルリ。明日は、何色の靴を履こうか？　スルリ、スルリ。スルスルスルリ。いつのまにやら、白銀のスケートリンクを頭に浮かべていたら、満面の笑みで滑る自分と目が合い、スピン。軽い後悔をコーヒーと共に飲み込み、少女のような妄想を黄色い痰に変えてペッと吐き出し、ティッシュにくるむ。

ツン。サービスエリアについたのか、パッとライトが全灯する。カーテンの隙間から外を覗いて、目を閉じようと思ったのだが、斜め前のおんちゃんが、ヒョッと。こちらのコンビニ袋に入ったおにぎりを舐め回すように見つめてきた。

「いいなぁー」

おい、心の声がだだ漏れだぞ。彼奴も顔を覗かせる。ズズズ、わざとなのか音を立ててビールを呑むおんちゃんの手に一瞬、スルメが見えた。スルメ……その瞬間、おんちゃんの声と僕の心の声がシンクロした。

「いいなぁー」

観衆はもう僕らが演技するプールに割れんばかりの声援を送っている事だろう。のけぞる背中、水面から飛び出た爪先はおんちゃんとそりゃもう息ぴったりりんこんよ。気がつくと僕の右手はおにぎりを差し出していた。

「あ、あげましょうか？」

「そりゃそりゃ、おおきに。かわりに……」

はやく、はやくスルメをよこせ。

「柿ピーあげるわ」

「ありがとうございます！」

「なんちゃ、なんちゃ」

想像を超えてきた。想像を超えすぎて、いつもより元気よくお礼を言ってしまった。クソ、スルメが食べたい……降りる気が無かったサービスエリアに降りてみる。

――スルメ、スルメ、スルメ。

彼奴がしつこく連呼する。わかってる、わかってはいるが、探せど、探せど、おしゃれなスルメしかない。探しているのはおしゃれなスルメなんかではない。しけたスルメ、彼奴のスルメだ。くそ……スルメ、スルメ……。スルメ……。スルメッ!!

ベキッ。相棒のキャリーが怪我をした。夜行バスは気付けば終点の高知駅。ここからは路面電車に乗り、スイーッと水路と並走。鼠色の病院という太字の文字が見え下車。入口、出口、入口、出口。駐車場の入り方は嫌ってほど分かったが、病院の入り方が分からずウロウロ。右往左往していると先程までカタカタと鼻歌を歌っていたキャリーのタイヤがモォムリと叫びモゲタ。青いボディーの一部ごとゴッソリはがれたタイヤは水路に落ち空転、空転。お互いにとって都合のいい関係というのはいとも簡単に崩れ去るものだ。ドッドッドッド。

陸橋、弟フウヤ現る。ありゃ、弟が走っている。三つ下の弟は家族の中でも宇宙人と呼ばれるほどのマイペースで、なにか物理的な目的がないと走らない。徒競走なんてものは走る目的に値しないとでもいうように号砲が鳴ろうが、スタート地点で土遊びをしていた弟。なぜかサッカーにだけは熱中し、ブラジル留学までしたが父の死後パタリとやめブクブク太り、ますますノロマの極みを生きている。

そんな男が珍しく全速力で走っている。キャリーバッグを慌てて担ぎ、病院に走ろうとしたが、重さのせいか、暑さのせいか、何やら景色が縦に横に伸びていく。景色は、形式を変えて長方形の筒を作り出す。筒の中に病室が映し出された。

痛覚のない光景はだらしなく伸びていき、黄ばんだ病室の中、一番隅っこ。弟が走ってきて、カーテンレールを動かす。母がベッドに腰掛けていて、拍子抜けするような声で「おぉ」と声を発した。いつもの母だ。笑いながら、少し、人を小馬鹿にしたような顔をしている。

「じいじいが、わしよりは長生きさせてくださいって、そりゃそうだよね」

唐突に母の目から涙がこぼれた。動揺し緩んだ腕から自分の爪先めがけてキャリーがドスン、落下。バッグの中からバツの悪そうな顔で彼奴がヌルッと仰《の》けぞり這い出てきた。

「お前の話は、ボソボソしゃべるき。全く聞こえん！」

じいじい事祖父は、怒り狂っていた。流動する全ての事柄を一時停止させ、首根っこ捕まえて、自らの道の上に規則通りに並べ替える。国道56号を西へ。

「じゃーじゃー。じゃーじゃー。何言いゆうか分からん！」

太く黒ずんだ指先でラジオを消した。弟は顔色一つ変えずハンドルを握って微動だにしない。この男は何を考えているのか、東京の接骨院に勤めているはずだが「仕事は？」と聞くと「やめた」「今後どうするの？」「しらね」三文字でしか返ってこない会話のラリーに嫌気がさし自分も遠くを見つめる事にした。前方を走っているタンクローリー。何を運んでいるかは知らないが、丸みのある字体で「危」黄色いプレートを掲げながらノロノロ。銀色の楕円の中に伸びきった僕らの顔面と車体が車間距離によって伸び縮み。ずっと見つめているとカランコロン、振動と共に揺れる頭。またどこかへワー－……。頭をブチ叩く。あぶないあぶない。視線をタンクローリーに。車体は導かれるように土佐インターから高速道路をさらに西へ。

「さっき先生はなんて言ってたんじゃ？　マスクのせいじゃ！　ボソボソって！　お前は聞こえたか？」

今年86になる祖父の耳は遠い。補聴器をつけてはいるものの、今日は特に調子が悪いらしい。聞こえないのなら、いっそという事か。先生からの説明に人一倍頷いていた。説明はまだ途中なのにも拘わらず。なるほど。分かりました。それじゃあ、よろしくお願いします。と何度も切り上げ帰ろうとする。まだ終わってないと祖父を諭すのだが。末期ガン。ステージ4。記号や符号と化した言葉が中空を漂う。どうも。数字にされると重いのか軽いのか。カップラーメンの蓋に書いてある待ち時間じゃあるまいし。宣告されても、人によっては麺を硬くしたい人もいるだろうし、柔らかくしたい人もいるだろう、茹で時間くらい感覚に身を任せていたいものだ。数字にすることで数え切れてしまうという現実と、有限であるという事実に揺さぶられ、ユレルユレル。が、ようするに母の余命は2年という事らしい。

もう何個目だろう、数えるのもバカらしくなるほど、トンネルをくぐった。くぐる度に、天気も変われば、祖父の態度もコロコロ変わる。

「おい。はかってみーや」

高速を降りて最初の信号。祖父は少し小馬鹿にした顔で、信号待ちでどのくらい人生をロスしているのか弟に計らせはじめた。

「1分20秒」

「ほぉー」祖父は、自分がたった1分20秒も待てないことに驚愕していた。体感では何分、何十分も経っているように感じていたのだろうか。

「……それにしても今日の病院は待ちすぎじゃ。にゃ？　絶対にまとぅろう？」

確かに待つが、先生だって遊んでいるわけではない。おそいにゃー。おそい！　といくら言っても、流れる時間は変わらない。そんな待てない人を乗せてる時に限って、渋滞はどこからともなくやってくる。ゆっくりと過ぎ去る事をやめた景色と、赤いブレーキランプに瞳が染まる。こんな田舎町で渋滞なんて、よほど運がない。祖父の右足はタッタカ、タッタカ、貧乏ユスリを飛び越えステップを踏み始めた。タッタッタ。タッタカタン。タッタッタ。タカタンタン。祖父のリズムから焦りや苛立ち、現実を早く切り上げたい、冷静を装うためにも早く帰りたい気持ちは痛いほど伝わってきた。真っ白いけだるい彼方に目眩《めくら》ましを食らったかのような気持ちのすべてを葬り去る様に、差し込む赤い光に身を預け顔を窓に埋めてみる。思えば、母の様子はあの日からおかしかった。

2ヶ月ほど前だろうか。パスコン！　パスコン！　ベランダから庭へ荷物が次々と降っていた。思い出の品々が地面に叩きつけられて飛び散る。これが何故だか心地良い。

「じーちゃんもいい歳だから」

おそらく何百回も聞かれたであろう、なぜ引っ越すのか？　という問いに答える母の顔は、ひどく疲れ切っていた。母の新旧友人達が、埼玉県越生町《おごせまち》、ピンクの賃貸住宅に大集合。自分にとってはビックリするような組み合わせの人たちが、力を合わせて引っ越し作業を手伝ってくれていた。ビニールを開き、これはいる？　いらない？　大体の物が燃えるゴミの袋にしまわれ、車に詰め込まれる。最初は母の判断を皆仰いでいたが、ラチがあかない。引っ越し業者が来るまであと2日。時間は刻一刻と過ぎていき、分別作業は自己判断に委ねられた。ゴミ処理場に時間内でどれだけ行けるか、ひたすら反復横跳びを繰り返す。それにしても、デルワデルワ。20年分のアカを吐き出す作業は、われわれ家族が思っていた以上に大変だった。

「子供はできちゃうんだよね。欲しい人の所にいかないのにさ。めぐり合わせだからね。これぱっかりは」

単純作業、集団労働というものがそうさせるのか、取り繕うもの、箍《たが》がはずれ。口という口からもデルワデルワ。

「……お金のために結婚しないんだって。結婚すると母子家庭にならないでしょ？」ある母親は自分の息子を嘆いているのではなく、自分を嘆いているようだった。

「まぁまぁ、アイツもああ見えていい奴ですよ」

溢れる小言、強がりに耳を傾け、いなしながら、20年使ってきた家財道具をゴミ袋に。自分も随分大人になったものだとエツに浸る。

「あんたのハハは、愚痴一つ言わない人だね。不思議な人だよ。チチは本当しあわせもんだったね。とても窮屈な生活をしているようではなかったよね」

我が家では親の事を父、母と呼ぶように教育されてきた。それが周りの家庭では珍しかったのだろう。親しみを込めて、父ノブルはチチというあだ名のように、母シズもハハと呼ばれていた。

——俺金ねぇよ。

——女の腐ったのみてぇーにネチネチネチネチ。

——本当に、一銭もない。

父という男は、モジャモジャ頭に度付きサングラス、折れ曲がった背中、空色のスカーフ、ロングコート、一眼レフを肩から担いで、井上陽水と金正日を足して割ったような顔面。こう改めて口癖や身体を文字に起こすと相当ヤバイ父親だ。我が家ではやっかいな長男という扱いだった。

「そういえばこの前永源寺に、髪型とかあんま急がない所とか、チチと瓜二つの人がいてね。いるんだなぁって」

「……」

「ハハとチチが病気になってからだよね。家にモノが溢れるようになったのは。生きてるだけで精一杯だったんだよ」

母の親友とも呼べる人が母に聞こえないようボソッと自分にだけつぶやいた。

10年程前、父と母が仲良くガンになった。母は早期発見だったため、大事にはいたらなかったが、父はそのまま弱っていく一方だった。放射線治療の影響で二人とも髪は抜け、薬の副作用に悩まされていた、はずなのだが。何故こんなにも近くで毎日見ているのにも拘わらず、少しずつ動くモノには盲目になってしまうのだろう。父の弱っていく姿に目移りしていたのか。母が苦しむ姿を覚えていない。モノは溜まっているとは思っていたが、昔からウチはこんなもんだろうとも思っていた。

「思い入れはあるんだろうけど、他人からみたらゴミなんだよね。私からみたらねぇ。捨ててもいいと思ってたんだけど」

たしかにそう言われて見渡すと、カビやヒビに蝕まれた壁、先の大地震によって蹴飛ばさないと開かなくなった玄関、窓が閉まらず半開きで風がスースー入る風呂場、糊や箸がコロコロ転がる傾いた床、溢れたモノは布で覆われるようになり、何も捨てられない家とは言いようで、いわゆる世間一般で言うところのゴミ屋敷。このまま放っておいたら脇を通るドブ川にいずれ家ごと沈んでいたかもしれない。住めば都とはよく言ったもので、この家に愛おしさすら感じていた。しかし、今はっきりと輪郭を保って思い出せるのは、母の背中越しに見えていたアップライトピアノだけ。合唱団やピアノを指導していた母の背中とピアノの音。近所の人からも、ピアノの家と呼ばれていた。そんな家からピアノが運び出され、ダンボールが積み上がった家に佇む母の背中は、少し小さく見えた。

様々な囲いが外され、夜になり、一人、また一人と帰っていく。残ったのは母と自分だけになった。

「割り箸も捨てちゃったかね？」

腹ごしらえにカップラーメンでもと思ったが、割り箸が一つしか見当たらない。

気づけば机も椅子も、何もかんも捨ててしまった。しかたない、割り箸をもう半分に割って二つに。

「折れるっていうのはすごい事だね」

ラーメンを食べ終わった母が、パキ……。割り箸の割れる音にもかき消されるほどか細くつぶやいたかと思うと、母の体は重力に導かれながらダンボールとダンボールの隙間にスポッと挟まった。挟まれて寝ると暖かくて心地良く、空っぽな部屋の寂しさも和らぐとの事。隙のなかった人がやけに隙だらけだなとその時はいとも簡単に思っていた。

そんなこんなで埼玉の我が家は、無事空物件に。ココには、誰が住むのだろう。思い出は、ちゃんと思い出になった。空白、余白。みんながゴミと言うものを袋にポンコラ入れたなら、故郷も一緒に何処へやら。燃えるゴミ、燃えないゴミ、分別。分別。ボコッ。どこからか、風呂場の水を抜いたような音がした。渦を巻き。水位はみるみるうちに下がっていく。いろんな人の素手でもって、かき回したら、センがぬけた。腐りきった水の中から、沈殿していたアレコレが顔を出す。引っ越しは無事終了、母に覆いかぶさっていたモノがなくなった今、露呈したのは母のガン。ついに、爆発。再発したとの報告がいろんなものを吹っ飛ばし届いた。

父が死んで6年。母は、何事もなかったかのように布を覆い被せ、自身の体調も人にバレないように計らってきた。父がいよいよという時でも、何事もなかったかのように、僕らに気づかれないように。一人で葬儀の段取りをして。いつも、いつも、母の苦労話は事後報告。あの時じつはね。笑いながら語る。今回も母の苦悩にまったくもって気づけなかった。

車は夕闇をズンズン進み、全て合わせても4軒程の集落の一番隅っこ、祖父の家に到着。石垣は沈黙し、トタン屋根がミイミイ。小便のようにジョボジョボと庭の池に山からの水が流れ込む。風はピタリと止み車庫の中へスロープを伝ってノソッと入っていくタイヤ音が鼓膜を揺らす。少し前に雨が降ったのか、トタンの壁は薄いネズミ色から墨汁を被ったよう。屋根は赤ともピンクとも言えない色に色褪せている。

「難儀なけんど、しゃーない。天命やきね」

もろもろの事柄を一言で塗りつぶす祖父の顔は、いつものことよ。とでも言うように、まっすぐ前を見つめていた。

「もう5時じゃ」

家の前に広がる田んぼには水が張られ、山肌を映す。その奥で主の様に我々を見つめるネムノキが大きな体を揺さぶっていた。母屋に続く石段には、ケイトウがのびのびとまだらに生えている。窓に張り付くヤモリが、ノソノソ顔を出し、室内の蛍光灯に集まってくる虫を食べるため準備運動をはじめた。ココで祖父は生まれ、ココで母を育て、ココで二人の妻を亡くし、18年。孫たちとの新しい生活が今始まろうとしている。

ドスドスと歩く祖父の足には、ハンマーか何か備え付けてあるのだろうか。

曲がった背中を中心に左右に体を揺らしながら「まぁ、待っちょけ」

——神ってる姿勢。

——久しぶり名前が出ないままじゃあまたね。

——ものわすれは長生きのご褒美。

——一打入魂。

居間の壁には、メモが至るところに貼ってある。達筆な字体と几帳面に貼ってある格言に、元教師の一面が垣間見える。

カッ、カカ、カッ。小鉢と小鉢が不規則なリズムで当たる音がゆっくりと近づいてくる。

ドスドスと重たい音を地べたに轟かせ。カツオのタタキ、イタドリ、ご飯、文旦、小鉢がお盆の上でユラユラ。ヒタヒタとカツオのタタキを醤油につけ。ニンニクとタマネギを包み込み口に運ぼうとすると。

「あーなんじゃ。刺身に醤油つけるんじゃのう。わしらは、刺身に醤油を垂らすんじゃ」

そう言って刺身に醤油をなみなみと垂らした。

「刺身は泳がさんといかん」

チラチラと弟への醤油チェックが入る。

「もっと浸さんと泳がんよ。野菜は全部、うちでとれたチの野菜じゃ。今、スーパーで買うたらこんまいの一本で百円もするき」

「まるまるで？」

「ばぁ！　まるまるなわけあるか！　こんまいのや」

「こんまい……」

「みて！　雲が流れゆう、こっちに来ゆうき明日は晴れじゃ」

天気予報は明日の豪雨を予想している。

「昔は、ふんどしの湿り気で天気を判断したもんよ」

母から祖父のタイムスケジュールがメールで送られてきた。7時起床。7時半BS朝ドラと共に、朝食。8時、2回目の朝ドラ。10時コーヒーとおやつ。12時、昼食。12時45分3回目の朝ドラ。14時、夜の晩酌用の刺身の買い出し。17時、夕食。ビール1杯。お湯割りの焼酎3杯、季節によってはそこにブシュカンを一搾り。夜の主食はパン。今ここまで来た事になる。17時半には恋人との電話。18時からカラオケルームにて演歌を3曲。19時就寝。心配性な祖父にとって、この生活の時間割が狂う事は決して許されない。齢八十六になる祖父の説明書を再読していると、17時20分。祖父の携帯が鳴った。少し離れた港町で時計屋を営む恋人からか。

母の病状を早口で説明しているようだが、顔は笑顔で口調は喧嘩をふっかけているようにしか聞こえない。

「うん、大丈夫じゃ。え？　ゲェエエップ。ばぁか。あんな怖いことない、ぬるぬるするきね。転んだら終わりじゃき。おおごとよ！　ん？　聞こえてますか？　あんな怖いこと！せられんよ‼　ん？　聞こえちょらん……」

恐らく、風呂洗いがいかに恐ろしく過酷な作業かという話。お互い耳が遠いので、電話は言いたい事を言ったと思ったら切る事をルールにしている、らしい。白い碁石を受話器横にチョコンと置く。

「明日はわしからかける番ですよっと。ボケ防止。生存確認よ、確認。おまん、いっこうに食わんじゃいか」

弟が全然手をつけていない。

「昼たべすぎた」

「なん！　腹いたか？　りぐっちゅう。せんぶりでも飲んで寝ろ。いかん。もうこんな時間じゃ」

唐突すぎる就寝宣言。我々兄弟には離れを寝室として使っていい許可が出た。母屋から外へ出て離れに行こうとすると、ボコボコのバケツに水が溜まっている。月は明るすぎて、瓦や地面を均等に青く染めた。倉庫は全部で三つ。車庫、農機具庫、カラオケルーム兼書庫。それぞれの役割を抱えながらひっそりと佇む。

家の前に広がる田畑は夜になるとガッポリ口のあいた空白で、空との境界をなくし星を際立たせる。空はミルフィーユのような断層を描き、流れる星と赤い星が色味を添える。スイキンチカモクドッテンカイメイ。冥王星は名前を取り上げられてしまった。常識なんて簡単に変わる。スイキンチカモクドッテンカイ。まじカイ。本当に始まった。ココでの生活。いずれ何とも思わなくなるのだろうか。大河に投げ込まれた小石のように、幾多の不在をものともせずに自分であり続ける事はできるだろうか。

翌日、手術を終えた母の病室を訪ねると個室に変わっていた。快適になったと思いきや、雑音がないと不安になるらしい。まっすぐ前を見て、菩薩のような顔をしている。別人の様になった母に突き刺さる管。肺に溜まった水を少しずつ抜き出しているのだという。母の肺に溜まった水はパンパンに溜まり、あと少しで息ができなくなるところだったようだ。

「気のせいかもしれないけど、傾けると、ポチャンってね」

首から点滴を入れているせいなのか、母の声がかすれている。体力もなさそう。体を起こすので精一杯だが、体を動かさないと胃がくっついてしまうらしい。ずっと腰を曲げて座っていたら自分の胃もくっついてしまうのだろうか。

「ここが、かゆいんだけど。どうなってる」

お腹の部分を捲《まく》り上げる。ホッチキスの針。図工の時間、模造紙に僕らが打っていたものと母に打たれた針。見るからになんら変わりはなさそうだ。

「足が痛いんだよ」

手術の麻酔をする際、神経を刺激してしまったらしい。麻酔科の先生が申し訳なさそうに訪ねてきた。謝られても我々にはどうする事もできない。とってつけた様に脱力した両腕はブラブラブラ。母はというと笑うのを必死にこらえていた。そういえば父が死んだ時もこんな空気がノソノソと。

「ご臨終です、時間は……」

脱力した両腕をぶら下げて、先生が青ざめている。ゆっくりと袖をめくり、何事もなかったかの様に袖を戻し、看護師の顔を睨みつけた。看護師は慌てて時計を探すも、見当たらず携帯を見せるも、先生は首を縦に振らず、呑気な目線のキャッチボールが始まってしまった。

「えっと。10時9分です」

見かねた弟が携帯に表示されている時間を読み上げた。父の死亡時刻は、弟から告げられたのだ。おそらく1分くらい引いたのが正確な時間だろう。医者の鋭すぎる眼光と、罪のなすり付け合いをもろに見てしまった。どうやらそれ以降、母にとって医者という存在が笑いのツボらしい。

「ツが言えなんだよ土佐弁は」

日に日に土佐弁に戻っていく母はスルスルどこか嬉しそうで、少しずつ重荷を下ろしている様に見えた。看護師さんから溢れる土佐弁に安心するようだ。そういえば祖父も、トゥぎの信号を右と言う。

「トゥぎのトゥきみはいトゥになるやろ？」

祖父が、次の月見はいつになるんだろうと言った。

「ありゃ、はトゥ盆じゃないか？　どーもはトゥ盆じゃ！」

どうやら、誰かの初盆らしい。

翌朝、四万十《しまんと》川《がわ》に沿って延びる国道381号を祖父と二人でひた走る。この道は信号も少ないので、祖父も上機嫌。

「渡哲也の渡。に川で渡川いう名前もあるき」

二つの名前を持つこの川に、なにやら外面の良さを見る。

「人間もおるろう。二トゥ名前を持トゥもんが」

平成になり四万十川が正式名称となり、ダムが無い事を理由にいつしか日本最後の清流という称号まで手にしたが、ただ作るお金がなかっただけの時代に取り残された川を祭り上げた清流ブームの現在は、仁淀《によど》ブルーの名の下に、仁淀川へと人気が移ってしまっているのが現状だろうか。原発計画を撤回させたこの地も名前の変更には抗えず、移ろいやすい人間の自作自演、いい加減な世間の関心をよそに平成の大合併はこの辺の地名、個々の名前を葬り去って代名詞と化した四万十の名の下に四万十町、四万十市と名付けられた。井細川《いさいがわ》、相去川《あいざれがわ》、打井川《うついがわ》、檮原川《ゆすはらがわ》、久保川《くぼがわ》。四万十川は今日もいくつもの川と合流や枝分かれを繰り返し、川幅を広げて太平洋へ流れ出ていく。水平線へ、ポカン。イカンイカン。うつつを抜かしていると、よそ見するな！　と横から檄が飛んできた。

川の流れを見て走ると、人は無意識に流れの方へ舵を切ってしまうらしい。無論、川に落ちるわけにはいかない。

「まっトゥぐ、まっトゥぐ」

ガタンゴトン。ガタンゴトン。対岸には、予土線《よどせん》。一車両、空色の汽車が今にも飛び跳ねそうな車体を四万十川に落ちぬよう、上に下にゆらし、走る走る。

「タカヒデは、生まれた時にもろたろ。死ぬ時は戒名がある。人間は生涯自分で名前を付ける事ができんけんど芸名だけは付けれる」

「芸名？」

「カラオケで歌う時は、わしは高野英二やき」

「なんで？」

「語呂がええろう、意味はない。そこを左じゃ」

国道を逸れ、沈下橋を渡ると、庭先に白い旗が立つ家が見えた。玄関で老いたラブラドール・レトリーバーが、毛布にくるまり爆睡。ダルダルの顔面、おっさんのような生活感と獣臭を身にまとっている。客間へと続く廊下に、電動の灯籠の光が漏れていた。つーんとしみる線香の匂い。

「どーも、はトゥ盆じゃないろうか。と、思っちょった」

「去年は、まだ、行方不明だったから」

この客間でご馳走になった鮎の塩焼き。母のおんちゃん！　おばちゃん！　と呼ぶ声と共に、記憶が蘇ってきた。夏休み高知に来る度ココに川遊びをしに来た。母親を早くに亡くした母にとってよき相談相手の大叔母と東京で大学教授をしていた鮎捕り名人の大叔父。自家製の木造船で、沈下橋をくぐり橋の裏側を見た。このすべてに覆い被さり、沈下させる川の大きさ。進む船に橋の裏側を見続ける体勢を維持できず、口を大きくカッピラキながら反り返った。無口な大叔父が静かに確実に船を漕ぐ、ギイ…ギイ…ギイ…ギイ…という音が空っぽの頭の中を駆け巡る。

「私も全然知らなくてね……。ここらの集落は、初盆は旗出して、みんなで御飯を作るらしくて」

大叔母が、お茶と茶菓子を出してくれた。青い色鮮やかな茶菓子、お茶に浮かぶ氷の中身は紅葉の葉だろうか？　真っ赤な葉が閉じ込められている。遠くで風鈴の音、連日病院でクーラーを浴びていたせいか、夏の知らせを改めて聞くようだった。

「忙しいところすまんにゃ」

祖父は何度も、大叔母の表情を見ながら頷いた。

大叔父は台風の夜、船をしまいに外に出たっきり帰ってきていない。あれからもう2年。

「捜索も3日で打ち切られてしまって、まぁ自分でいったきね。あとは自分たちで捜索よ」

「……自然が好きで、これからが一番自然と一緒に暮らせる歳じゃったのに」

「もうねぇ……台風が来るとね。この前も行方不明出たでしょ？　ああいうニュースを見るとね。どうも眠れんねぇ」

澄んだ目から涙が溢れ出るのを抑えている大叔母の表情から、嵐の夜、四万十川が太く深い漆黒の大河へ変わり、ゴポゴポと沈下橋を飲み込む様を老犬と耐え忍ぶ背中が薄ぼんやりと浮かび上がってくる。

「お母さんは無事手術終わった？」

「手術は、無事に終わりました。ただ、痺れが所々残るみたいです」

「麻酔のミスじゃと」

「ここらも、昔、村に医者が一人しかおらんくてね。医療ミスを指摘すると村から唯一の医者がいなくなる。黙っちょけ黙認しちょかないけんって、よう言われたもんよ」

「昔はそうじゃった。そうじゃった……」

急に立ち上がり歩き出す祖父の速度は、今まで見た事がないものだった。

「あんまり長居せられんき、手を合わせて帰ろうか」

慌てて食べかけの茶菓子を口に放り込み、茶で流し込む。

「だっ！　たっ！」

もったいない精神を埼玉は越生町で鍛えられた自分はどうも、残す事に異常なほどの抵抗がある。こういうものは完食せねばという、無駄な使命感の下慌てて飲み込む。今回もいつものように、遂行したつもりだったが。祖父には、ただただ空気の読めない食いしん坊と捉えられているのだろう。大叔母の笑い声と共に、家ではドスドスと轟く祖父の足音も、今日はスッ、スッと。すり足でもしているかのように。仏壇のある部屋に到着。みんな笑顔で大叔父に手を合わせ仏壇を後にした。

玄関で寝ていた老犬は目を覚まし、寝ぼけているのか靴箱にコンコン頭を打ち付けている。

「番犬が今日も威勢がえいね」

「目がね。見えてないのよ」

「おるだけでも違うわ、臭いよ。臭い」

「ここらはピィーピィー口笛を吹いてため池に鹿が水を飲みにくるきね」

「そうかえ。どうも山から動物が下りてくるようになったのは、平成入ってからじゃろ？」

「そやね。畑もイノシシに荒らされて……ここいらの人集めて石を投げてもらった事もあったわ」

「今は犬がおるき安心なね」

「そうやね。安心なね」

ただ太々《ふてぶて》しく寝ているだけの盲目の老犬が、臭いでもって番犬の役割をしていると思うと、急に頼もしく思えてきた。

「お母さんによろしくね」

一礼し、四万十川の流れに逆らいながら車を走らせる。大叔母はもう我々のことなど見えてないだろうに、ずっと手を振っていた。

「おそらくやけんど。海に流されちゅうね……。一緒に、エビネの花、品評会に出したり。ハチミツの相談をしたり。これからやっと自然と一緒に生きれたのに」

祖父は、蛇口を閉める様にグッと唇を噛み締めた。垂れ流しにせず。青々と流れる四万十の水に目もくれず。まっすぐ前を向いて、何かを絞め殺した。

「まっこと、あの男は……歌がへたじゃった」

祖父のカラオケルームから、今日も歌は聞こえてこない。母が入院してからというもの、歌っているところを見たことがない。爆音で家の外まで聞こえて来る、テレビの笑い声だけが、青々と光る屋根を支える。今日は一段と月があかるい。普段見えない、倉庫のトタンの溝一つ一つがくっきりと映し出されている。

「……どこも行っとりゃあせん、逃げも隠れもせんがやき。あそこはわしの土地じゃ。お前こそどこ行っちゅう、どこ行っちょった？」

無口な大叔父がなにやらしゃべっている。

「ったく。たまるか！」

振り返っても、誰もいないのだが。窓から差し込む月明かり、ゆっくりと揺れるネムノキ。とぷん。記憶の波は夜を隠し、夢を飲み込む。ぷかり、海に浮かぶ大叔父の船。ゆらゆらと揺れる木造船が海に浮かぶのが見えた気がした。もう開く事のない大叔父の口先。

「四国のまたぐらに～流れ～ついたっと……ええか、速度は呼び込むもんよ！……めんどうなのはのぉ、全部が繫がってるってこっちゃ。ったく。……めんどうやのぉ。こっちからはますます全部繫がっちゅうように見えちゅう」

微動だにしない水面に、なにやら意地を感じつつ、水面をまじまじと見つめてみる。

「なんもおらんろう？」

こちらの心配をよそにガリガリ話しかけてくる大叔父の態度に慌てながら、口からポロポロ、エセ土佐弁で対抗してみる。
「おんちゃん、ボーッとしててもあれやき……俺もひょっと沖まで出てみちゃろ！　と思ってよ」

何か。何でもいい。乗り込んで、この場から抜け出さなければ。

――ドレミファソラシド、痛覚のなくなった夏。乾燥とは別の意味の、カラ。試しに一節唄ってみそ。

いつもの太々しいまでの態度はどこへやら。彼奴はつぶやくように唄っているが、分裂している場合ではない。カラカラ鳴り出した自分の頭を引っ叩く。

ブォン。僕はどうやらハンドルを握ったようだ。あくびのようなゆるやかなカーブがひたすら続く、続く。

「タケノコです」

「はい？」

それは、どこかで見た事あるような、片手にタケノコを持った彼奴。上半身はスーツ、下半身は短パン。ニッコニッコの笑顔でこちらに手を振ってきたので、思わず車を止めてしまった。

「タケノコやき。これやろ？」

もういい。タケノコと名乗る男は、気づけば後部座席に腰掛けていた。ベラベラ、ゲハゲハとタケノコ片手にくっちゃべる。ナマズのような、ヒトデのような、その骨格、気配に、気を取られまいとするが、バックミラー越しに見えるタケノコが妙に気になる。コヤツはどこからきたのだろ。

「どこまで?」

「とりあえず、まっトゥぐ」

オレはタクシー運転手か? いやいや。まさか。

「いやね、いやね。台風の目に入ったもんよ。ほいたら外を歩けるじゃいか。ひょっと声が聞こえるき。それにフラッとついていったのが運のトゥき。ぱたっとそっから記憶がないき。気付いたらタケノコに捕まって宙ぶらりん。崖から落ちたんやろか? ははは」

一体全体だれに話しかけているのか、目線も、口調も、表情も、全てがバラバラなタケノコの話を、ラジオだと思えばいいのだと切り替え脳みそに伝達してみる。沈まぬイライラは爪先に蓄積し、アクセルをどうも強くふんでいた。

「運転手さん?」

振り向くオレもオレだが。タケノコの指差すメーターは100キロを指していた。

静かに舞う胞子、金色の稲の先に佇む神社の前で車を急停車した。というより。行き止まりだ。これより先は進めない。

「エッコラ」

タケノコはズウズウしくもスタスタと神社に入っていく。ちょいと失礼しますよ。境内の中へズカズカと消えた。境内の前の巨木を見上げていると、威勢のいい太鼓の音が聞こえてくる。ドンドコドンドコドンドコどん。タケノコが叩いているのか？　音が渦を巻いて境内から飛び出し、見上げていた巨木の枝が風車のようにクルクルと回りはじめた。落ちてくる葉が呼びかける。

「次は目黒ー目黒ー、お出口は右側です」

いかん、寝過ごした。電車から飛び出し、間一髪。閉まる扉の隙間から乳母車が見えた次の瞬間。待ってました、と言わんばかりのタイミングで携帯が鳴った。

「もしもし」

「遺骨を電車の中で持っとったら、泣けてきてな」

父の兄マッコトさんから珍しく電話がかかってきた。どうやら、昔話をしているようだ。

「姉の骨壺を抱いて座ってたんだよ。みんな不思議と隣に座らないんだよな。泣けてきてよ。うん。なんか、分かるんだろうな。あの時、やっこさんは仕事だったと思う。やっこさんに、そうだ。火葬場から渋谷まで送ってもらった。やっこさん、ごめんな兄貴とか言って行っちゃってよ。……お母さん元気か？」

「大丈夫です。元気にやってますよ」

「そうか。……これだけは、覚えとけよ。話の質だけは下げるな！　どんな状態になっても普通に話しかけ続けるんだぞ！　魂だけは絶対に腐らんからな！」

どうも、マッコトさんとの電話はいつまでたっても慣れない。間や語尾の上がり方が父親と似ているどころの騒ぎではない……。死後、気配だけ漂わせる当人より実際に存在してしまう当人に目玉がグラグラするのだ。

あの無人の乳母車は今頃、グルグル。マワルマワル。山手線をマワル。誰が置き忘れたのか。誰かが置いていったのか。ハンドルに巻かれたタオルは悲しそうに、残された爽健美茶は何を思う。突然沈黙を埋めるようにきかんしゃトーマスの汽笛が深夜に鳴り響く。引っ越しのゴミ袋の中で壊れたトーマスはなくなく汽笛を深夜に鳴り響かせていた。思い出は不燃と可燃に分けられ、空っぽの部屋が音を反響でもって膨らませる。鼓膜を塞ぐのは誰だ。にっちもさっちも。にっちもさっちも。耳にまとわりついてきた。もうこうなると、その音しかひろわない馬鹿な耳を叱りつけて。憧れは見た事ないものに移ろい。見えてる事にはそっけない。今だけなのかもしれないが朝露が窓を濡らす。母の肺に溜まった水か？　たぶん、たぶん。カラダに潜む水がユレタ。残酷さん。残酷さん。僕が病院に着いた頃には父の意識は曖昧でした。でも、僕の記憶はもっと曖昧で、もう、父の声も顔もしっかりと思い出せない。窓の外から見えた富士や看病をしながら食べた高級カップラーメンの味はしっかりと思い出せるのに。今夜が山だと言われてから数日。不眠不休で、意識のない父の手を握っているると。ふと。早く死んでしまえばいいのに。そんな思いが脳から口元にリレーを始めた。そんな時にかぎって父は目をさまして、笑って頷いて……

「なんで泣いてるんだよ？　泣くなって」

それが父との最後の会話。窓の外には雪が音もなく降っていた。

「まぁいいか。もう任務は終わっている」

5年前。父の遺骨の一部を母、弟、マッコトさん、父の友人エトーさん、僕で遺言どおり故郷山口県の東鳳翩山に散骨した。したはいいものの、風が強すぎて上手くまけず。壺ごと埋めた。1年経ち、「おいエトーが毎月登ってるらしいぞ、ありゃあわれだ、かわいそうだ」マッコトさんがぼやき始めた。高知の墓に入っている残りの骨、マッコトさんが持って帰った骨と山頂と。「こんなにいろんな所に骨を点在させていいのか」とか。不安に駆られるくらいなら掘り返して、高知の墓にまとめる事にした。しかし、なかなか1年という歳月に人間の脳はついていかないらしい。見つからない。今回のチームは母、弟を除いた前回と同じメンバーなのだが。みんな勝手な事を言い出す始末。埋めたのではない、岩をかぶせただけだ。いや、埋めた。岩を一つ一つどかしてみるも見つからず。山を登ってくる、登山客は疑惑の眼差しを我々に向ける。そんなこんなで、やっとこさ見つけたはいいもの、骨は溶け出し、骨壺に張り付き、バウムクーヘンのような骨の塊になってしまった。

「これじゃ、ためしに食えもしないじゃねえか」

マッコトさんがまた訳の分からない事を言っている。

——バウムクーヘンみたいに固まっちまった。頑固者のあんたの心変わりの代わりに。土の中でバウムクーヘン。あなたの骨でも。骨は骨なのね。ただの骨なのね。

彼奴も訳の分からない歌を歌う始末。

マッコトさんとエトーさんは下山した。僕は残って、寝ずの番というわけでもないが、ココで一夜を明かしてみる事にした。最初からそのつもりではなかったが、寝袋も持っているし焚き火でもしながら夜を越そう。今日は天気もよさそうだ。深夜0時。今日の天気はよかったが、日付が変わった途端、父の遺骨を抱く僕を大粒の雨が襲った。らしい。幸福なことに、僕はなにも気がついていない。そのまま死んでいたら、死因は凍死になったのだろうか。あんな誰でも登れる山で死因は凍死。国民は他殺を疑うだろう。ごめん、マッコトさん。

トントントン。ごめんください。

「福祉課のものですが。介護保険。未払いです。払っていただけないでしょうか？」

「俺、もらえるまで生きれないよ」

「そう言われましても」

「あと少しで死ぬの。そんな金払えるか！」

父が玄関でなにやら怒っている。

「今一番大変な思いしてるのに……。病気で、働けないし、あと少し悪ければお金が貰えるんだろうけどね」

母が珍しく、父の意見に賛同したのを覚えている。痛み止めの薬でパンパンに腫れ上がった足。足音を鳴らす事も出来ずただ、引きずる事しかできなくなった父の足。スースー、地にすがりつくような情けない足音をかき消すように、父の部屋からケルト民謡とタップのリズムが聞こえて来る。

「そんな事より、裏側だぞ、真逆なんだよ時間も。自由だぞ、ブタジルは」

仕事なのか知らないが、よく外国にいき、旅の土産を買ってきた父。だいたいが変な顔のお面、しかも中国で買ったアフリカのお面という厄介さが、幼い自分の世界地図をボロボロに引き裂いていく。ブタジル、ユバ、シルクロード、サンスクリット語、オーケー。ハラショウ。スパシーボ。なぜかこの言葉を掛け声によく歯磨きをしたものだ。サルじゃあるまいし……しーしーはーはーしーはーはー。歯を磨く姿を我々に見せつける。各地で買ってきたお面や民族楽器は父の部屋に収まりきらず、食事を囲む部屋をも囲むようになっても、置かれているだけで、こいつがどこの誰べえなのか誰も知らない。そんな雑然とした食卓の中心で湯気をたちこませ、ズズズという音を叫んでいたのがユバ農場のコーヒー。

「ブタジルのユバはいいぞぉ」

ブラジルにある日系移民の村ユバ農場に行く時だけ、わかりやすくいつもコーヒーを買ってきた。オレ、コーヒーっす。ブラジルの土で育ちました。ガリッとした自己主張の塊を舌の上で転がせて、コン。匂いと共に、机の真ん中で中国のお茶用カップから飛び出す湯気。

そんな父の影響なのか、僕の机の上には旅先のトルコで買った旋回舞踊セマーの人形が置かれている。天と地に手のひらをむけてひたすら回転するその踊りと同様に、扇風機のようにひたすら回転する人形。徐々にスピードを上げていく。微風、弱、中、強という具合に。

高知に越してきて1ヶ月経っただろうか。母が退院し家に帰ってきた。治療は3週間に1回の放射線治療。通院に切り替わった。

「しらない子」

母が網戸にはりつくアマガエルに話しかけている。

「お前は、どこから来たんだい」

チョコンと居座るカエルは生きてるのか、死んでいるのか。母の方が新参者だと言わんばかりに微動だにしない。

「のけものにされたんか？　そこにいたら干からびて死んじゃうよ。オーイ。オーイ。カエルくん」

どこか軽くなった母は、母親の着ぐるみを脱いだ様に見えた。

「せられん！　せられんき！」

カエルと話しながら洗濯物を干す母と、その姿をボーッと見つめるゆとり世代の息子たち。

「教育がなっちょらん！　お母さんが全部やってくれると思っちゅうろう！」

「昨日はやってくれたから、順番でやってるの！」

祖父の優しさになぜか刃向から母の姿は、まさに父と娘だ。あれ、気がつくと祖父の歯がまた一本ない。何故だ。入れ歯じゃないのか？　何故なのか誰も聞けずにいる……どこに、落としてきたのだ。

「あーーーーーーーーーしびれる」

母は、薬の影響か。冷たいものを飲むとしびれるらしい。この家にまた、騒がしい音が帰ってきた。

「昼からは、畑やるぞ！　ヤッケに着替えや」

倉庫で草履から長靴に履き替え、祖父の後をとりあえずついて歩いてみる。

「お前なんも知らんろう」

「はい！」と答えたのがまずかったのだろうか。先日、ドローンで発見されたブラジルの原住民にでも説明するように。

「これが長靴じゃ。あれは、トンボじゃ。これが、米じゃ。ここまでがうちの土地じゃ。これは、何かわかるか？」

そんな説明に塗《まみ》れる兄を白い目で見つめ、弟は車に乗り、出勤していく。

「骨トゥぎやろ？　骨トゥぎ」

弟は近所の病院に勤めはじめた。

24年前、3歳の頃、我が家は弟の出産、世間では地下鉄サリン事件などあり、3ヶ月程高知に預けられた事があった。祖父の見る時代劇に影響を受け。おもちゃの刀をふりかざし、障子に片っ端から穴を開ける日々。

「ハタカッテ。ハタカッテ」

スーパーで、おもちゃ売り場のブラジル国旗をねだった。

「よっしゃ」

一生懸命鮮魚コーナーで股を広げる祖父と泣き叫ぶ孫。目撃した人は何を思っただろう。僕たちの関係性はこの頃から変わっていない。ハタカッテは、土佐弁で股開いてという意味なのだそう。大変申し訳ない事をしたと今は思っている。あの大股開きを僕は忘れない。

「これは、ヒラグワ。マタグワは、芋やきね。クマデわかるか？　ヒラグワとクマデ持ってきて」

叩いて、ならして、溝作って、種蒔いて、籾殻をかける。

「水はけがようならんと種が蒔けん、流れるきね」

去年の籾殻だろうか、土をかえすと出てくる。

「種も毎年同じところに蒔いてもいかん。場所を変えな。引っ越しや。引っ越し」

袋から赤い種を取り出し、手に揃え。3粒ずつ均等に蒔く。

「一つの芽が出る出ないは蒔く人の性格もあるきね。種がこんまいろう。まばらに蒔いて、土も少のうして。こっちは種が大きいろう。三角に等間隔に。ホレ！　少しは聞く前に、考えてみ。思いやりやき、人と人と同じよ」

　3粒ずつ、三角形に。腰を曲げて、土と何度も顔を突き合わせながら。

「こればぁに蒔いてくだなんせ。ええかい？　まんべんなくいきましたかな？」

　祖父と平行線上に立ち、一緒に種を蒔くというより、置いていく。

「にんじんやら、ほうれん草やら、カブやら、白菜やら。さぁよぉ生えてくれよ」

　両手で、土をこすり砕きながら、種の上に土を薄く被せていく。雑に祈りでもするように。

「籾殻もってきて。ぐっすり、もってきて」

　仕上げに土にふりかけでもかけるように。籾殻を。少々。

「じょうとう。じょうとう」

　金色のふりかけを、土にかけていたら12時のサイレン、祖父の耳には届いていない。

「わしは、あと15分経っちょったら、死んじょったき」

　ピンクのチョッキがトレードマークの今年100歳になるキヨさんは、昼の12時のサイレンを聞くと決まって病院のリハビリセンターに勤める弟を大声で呼び止めるらしい。

「はぁ」

「ざっとしたもんぜよ。わしの所の特攻隊は、1時間に1回飛ばしよった。たまたま戦争が、

11時45分に終わったき生きちゅうもんよ」

「みたいですね！」

「みたいって、わしはあと15分経っちょったら死んじょったき」

「そうっすか……その話何回も聞いてます」

「何回でも聞かんと！」

人生において付箋がついてしまった体験は何度も繰り返し話す事でしか拭えないのか。

「休憩。もうおこう。腰がいたい。昼からよ」祖父からの休憩の合図。

机の上に並んだ昼ご飯はリュウキュウ、みそしる、ブシュカン、酢漬け、イモのつると油揚げのいため物。

「イモのつる。役（手間がかかる）のかたまりよ。めんどくさい。お母さんに感謝せな。ありゃ。昼から雨かえ」

昼飯を済ませ、そそくさと祖父はヨコ（マグロのちいさいの）を三枚におろすべく、倉庫の前に増設されているお手製の屋外キッチンへ。一太刀で、マグロの内臓がドロッと。弟子のする事は、倉庫から藁を持ち出し、地ベタに敷いてチャッカマンで着火。さばいたマグロは長く伸びた木の棒の先端に、網のついたものに載せられ運ばれてくる。藁に空気を入れながら、祖父の指示通り火加減を調整。裏返し、両面焼いて、すぐさま氷水にダイブ。これにて藁の匂い香るヨコのたたきの完成。

「くるりっと体をかわして、死に体ですからね。ものいいです！」

今日から秋場所。大相撲が爆音で聞こえてきた。

雨は突然降ってきた。キャーン。風に、セミに、カエルに、ドンドコドンドコ、鳥か？　鹿か？　シャレにならない声達が飛び交う。あれは誰だ？

「かんたろうじゃ」

雨になるとかんたろうという名の青い巨大ミミズが顔をだす。

「雨やない！　しけや！」

今日は結局作業には至らずじまい、説明だけで雨に終了宣告を受ける。

5時半の電話。祖父が話の途中時折触るテレビのリモコン。位置が無性に、気になるみたいだ。

ズ。戻しては。ズ。戻しては。ズ。

「ゲェエエップ。しょーまっこと雨がふるき」

リモコンが終わったら次は、箸の位置。

ズ。戻しては。ズ。戻しては。ズ。

「だ。はぁ。ん。あー。散歩しよったらこんまいのばっか、植わっちゅう。今年は、野菜ダメじゃね。はいはい。ではでは」

電話が終わり、今日は満足そう。碁石を受話器の脇へ。

「あいつの親は、農家やき、野菜を見たら、分かるもんよ。高知は産業がないき、今は林業があるかもしれんけんど。山しかないろう。取り柄といったら、しぶとく生きちゅうだけ。人口もどんどん減っちゅうき」

ハマチ、トビウオの刺身をつまみに。ビールを一缶飲み干し、焼酎へと切り替える。ポットからお湯を七割、酒三割、菜箸を机の隅の方に置き。1杯目の酒を飲みましたよと記録する。

「昭和12年頃やったかね。おじさんが、電気をひいてくれてラジオがきたもんよ。使い方なんて分かるか。最初はぴゃーぴゃー言いゆうだけのもんよ。次々増えていって、真空管ラジオ、トランジスタラジオかね?……玉音放送は自宅で聴いた。最初はひゃーひゃー言いゆうだけでなにも聞こえんかった。なぜか自然と涙が流れたもんよ。あの時分は、沖縄か高知か上陸を見定めるためによう焼夷弾が落ちてきた。B29かね。よう落ちてね。あれは、地形を調べよったもんよ。しょっちゅう、光りよった。中村の手前、大方《おおがた》の海沿いから侵入したかったみたいじゃね。大方に上陸の話があったき。ここらを兵隊が通ったもんよ。木造の見せかけの銃を背負った兵隊がね。それをみて。こりゃいかんとおもった。ほんまぜ! ほんでよ、沖縄戦があって原爆が落ちて終わりじゃ。終戦の翌年が、南海トラフやったと思う。12月で、寒くて、家は瓦が落ちたぐらいなもんじゃったけど。近所のみんな集まって。田んぼで火を焚いて、近所中寄ってたかってぬくめあったもんよ」

祖父は、何を話す時も唐突で、どんな話も酒と混ぜて、ボヤキでもってハキ捨てる。

「耳が聞こえんと、殺すぞって言われても、分からなね」

突然。ドラムロールのような雨。

「この世に、びっしり、よぉおらん。あと少しの命。難儀なね。まぁでも、これが呑めゆううちは上等よ。これが元気の源やき」

焼酎をドバドバ注ぐ。今日は通常より多め、6：4くらいか。

「うぅー。あぁー。えー。ほら、あったじゃいか。あったじゃいか！　足の悪かった。番傘よ。職人やね。ここらの名前は全部あこやき。傘屋が生命学、手相とか暇やき勉強したもんよ。ヒロノブ、ヒロタダ、ヨシノブ、ヨシヒロ。ヒロかヨシよ。字を変えて。好きやったんか、めんどくさかったんか。みんなヨシかヒロや」

ヒタヒタと零れ落ちる水滴が縁側をつたい、雨水はのけぞり、風と出会う。中空をそよぐ洗濯物に、空は興味がないらしい。零れ出る水の後には涙も言葉で蓋をする。セミの声はとうに聞こえなくなり、沈黙をとりもどした。ココには、明日と今日が混在している。みずみずしい風と木枯らしが、ブスリ、ブスリ、とスリよってくる。川は増水、橋は沈下。顔が見えなくなった橋はそこにいたのか、はなからいなかったのではないか。

「よう降ったのぉ。よけ降ったのぉ。呑まんわけいくか」

祖父の理屈は分からないが、酒を呑まないといけないらしい。

「今は昭和でいうと何年や？」

「さぁ」

「さぁて。書いとけ、昭和は、西暦から25年引けばいいきね。そうじゃ、書いとこ。メモメモ」

家中のカレンダーに、昭和94年の文字が追加された。

「おまんら知らんろう。昭和35年にチリ地震があってのう、遅れて津波がくるろう。波が、ザーッと引いて、みんなで海岸に打ち上がった魚をとったもんよ。まだこん。まだこん、言うてね」

濁流の中をはうように、彼奴はこちらを睨みつける。雨粒と共に、流れ出るように、垂れ流しの水を汲む。

「親より先にいく。これば親不孝な事はないきね。元気でおってもらわな」

ここ2、3日、同じ話しかしなくなった祖父の口を〆るのは決まってこのセリフ。母の顔をまっすぐ見つめ、何度も何度も頷く。季節に歩幅を合わせ自分自身に正直な嘘のない瞳から母は目を逸らし、少し笑いながら小さく頷いた。


「かぁぺ！」

今日も朝から、起き抜けの祖父の雄叫びが聞こえる。タッタッタッタッタッタ。10時のコーヒータイムにむけてガスを着火する音が聞こえる。お湯を沸かす、今日はどこのコーヒーにしようか。通販でまとめ買いしたインスタントコーヒーから選別する。

「ユバのコーヒーがまた飲みたいねぇ」

朝の光に、湯気が踊る。コーヒーのお供にミレーとたいこまん。

「小さい頃、おとうちゃんのかぁ、ぺっ！　が嫌いで、よく真似してた。おかあちゃんに、そういうことはやめなさいって静かに怒られたわ」

気付けば朝10時、コーヒーを飲みながら母となにげない世間話をするのが習慣になっていた。今までは聞けなかった母が自身の母親の事をおかあちゃんと呼び、若くに亡くなってしまった事。2番目の母をおかあさんと呼んでいた事。父の死や母の病気がなかったら聞けずに終わっていたのだろうか。「おまえ……母に嘘だけはつくなよ」いつだったかは忘れた。だぶとん。だぶとん。痛みで歩けなくなった父が、座布団を何重にも重ねた椅子に腰掛け「俺たちのために、したいことは全部後回しにしてきた人だから。なるべく明るい顔を見せてあげてな」そう言って泣いた。初めて見た父の涙だった。

「本当あんたはあー言えばこー言う！」

「はいはい。あなたはすべて正しい」

「今までそれでやった例しがない」

「やるやる。やる。やるっちゃ！　ったく。女の腐ったのみてぇーにネチネチネチネチネチ」

「やるやるっていつになったらやるの？」

「なにぶーたれてんだよ！」

父と母はいつも喧嘩をしていた。我が家は今思えば、いい家族ではなかったのかもしれない。そもそも今まで家族の会話などあったのだろうか？　不思議と父は死んでからの方が父親らしい。父の死は家族に会話をもたらし弟の体型を変えた。

「あトゥい、あトゥい。まっこと雨のほうがましじゃ。こじゃんとできちょった」

祖父がサツマ（竹ザル）に赤シソを大量に摘んできた。さっそく大型鍋を取り出し湯がく母。シソジュースを作るらしい。

「昔、シソをニンニク、醬油、ごま油で漬けてなかった？」

「あぁ、やってた。それやろうかね」

シソを鍋から取り出し、黒っぽい煮汁に砂糖、酢を入れると。色鮮やかな赤へ変色していく。

「母の味っていうけど、作ってる方は食べてないから意外と覚えてないもんだね。作れど作れど、まぁよぉみんな食った」

タッパーを取り出し、シソ、ニンニクと交互に重ねて醬油、ごま油、唐辛子。漬け始めた。

「……そうだ、今空いてる？」

「ん？」

「髪切ってくれない？」

母から突然の依頼。母からなにか頼まれるなんて事が今まであっただろうか？

縁側に置かれた椅子。演歌の決定盤！　デカデカと大御所演歌歌手達の顔面が載っている新聞紙をすでに首に巻いた母が腰掛けていた。

「素人に、切られるのは、二人目だわ」

抗癌剤の影響で髪が抜けやすく、床屋に気を使わせたくないらしい。椅子を日陰まで移動させて、母の髪にハサミを当てる。

「昔の因縁、ここで晴らさないでね」

母に何度おかっぱ頭にされたことか……。新聞紙から毛が落ちぬよう、マントのように逆立て。どこか飛んで行きそうな身なりに少し笑い合いながら、母の髪の毛を切っていく。毛先は、茶色、白、黒、様々な色が混在し、毛に触れれば、か細い。中指と人差し指で挟み慎重にハサミを入れていく。見よう見まねでジョキ、ジョキ、ジョキ。母の首筋の血管が指に触れた。痩せて浮き出た血管。指で弾《はじ》けば、もげそうだ。太陽の光は、日陰を押し上げ、母の指先に触れた。母の指はしなやかなピアニストの指から、皮が剝けどこか腫れぼったく指先にセロハンテープを巻き付けているような、父の抗癌剤で膨れ上がった太ももと被った。父がよく聞いていたグレン・グールドのうめき声とピアノの音がどこからか聴こえてくる。手鏡に反射した陽射しは、空中に漂う切り落とされた髪の毛を黄金色に包みこむ。最後にクシで整えて。

「おぉ、軽くなった」

母はストンとハハへ。

洗面台の鏡を見つめ、自分の髪の毛を確認するハハを久しぶりに見た。

「ヒメちゃーん！　ヒメちゃん！」

背中を丸めた老婆が田んぼに向かって叫んでいる。後方からみた老婆は、跳び箱にしたら三段くらいか。

「知ってた？　後ろで手を組むのは、バランスを保つためなんだって」

ハハがつぶやく。老婆の後ろで組まれた手にはリンゴとバナナ。天秤のように、リンゴを一つでも取ってしまうとたしかに倒れてしまいそうな、絶妙なバランスを保っているように見える。彼奴が歩を止めた。歩くという事に意識的になった途端、手と足が同時に動いている。頭でコントロールしようとした途端これだ。いつのまにか何でも出来る気になっているが、そもそも人間は出来る事の方が少ない。老人は遅いのではなく、一つ、一つの行動を丁寧に生きているだけ。そのくらいが丁度いい。世の中にはどうする事も出来ない事が起こりうる。その都度生活を見直し、共存するしかない。諦めと共に生きていく。祖父の独り言も、老婆の後ろで組まれた手も。しゃーない天命やきねと、一つ、一つ、一音、一音、慎重に鳴らしながらこの世のバランス、調律を施しているのかもしれない。

太陽は山肌に隠れ明日の仕込みを始めた。田園の彼方へ老婆の声がこだまする。水面がグルグル渦を巻いている。洗濯機が2台回っているのか。どうりでいつもより音が二重に聞こえるわけだ。母が竹竿に洗濯物をかけている。とぼけた声で鳴く鳥の声がいつもより人の声に聞こえた。なぜ夕方に洗濯物を干すのか。洗濯を終えた母は座椅子に腰掛け、携帯を眺めている。

いつも多少のぐらつきはあれど、まっすぐと立ち昇る線香の煙。今日はゆっくりと、まるで風を受けたかの様に揺れた。気がした。それはもれることのない、仏壇の前で手を合わせる母と死者との会話を代弁するかの様にゆっくりと渦を巻いた。

「来るんなら前もって言っとき」

「お供えもんなんていらんちゃぁ」

「あんたに出してるんじゃない。ご先祖さん」

「いらんいらん。どうせ食えんもん」

「本当にあんたは……あんたらは線香の煙が食事やきね……。今年は、下の車庫に4年ぶりかね、ツバメが巣を作ってね」

「ほぉ、そりゃええわ」

「知ってた？　スズメは稲を食うから害鳥なんやって」

「へぇー」

「ツバメは幸福を呼ぶんやと、言い間違えたらおおごとよ」

「順番、順番。悪い事があったら、次はいい事がある」

――はぁ、難儀な。

突然、窓の外から祖父の独り言。線香の煙はゆっくりと渦を解き、垂直、縦に伸びていく。母の目線がこちらに向いた。はずなのだが、何故だろう。合わせようとしても全く目が合わない。ならばと、父の遺影と目を合わす。

「オマエ、自分の人生だぞ?」

雨が降ってきた。死者に語りかけていた言葉なのか、生者を叱りつける言葉だったのか。ありきたりな言葉は、雨音がかき消す。母が家から飛び出し、慌てて洗濯物を取り込む音が聞こえた気がした。死者との会話はいつもそんな感じ。気がするだけ。

――ありゃ?

――おるかよ?

誰のせいにもできないことを、ついつい死者のせいにしてしまう。

――かもね。

――仕業かもよ。

本当は死んでからというもの、父は夢にも顔をだしやしない。過去をあまり語らなかった父は、ホラ話でもって自分を彩った。頭なんて下げたくなければ下げるな。へぇーこら、へぇーこらしない！　なんできついのにやる？　我慢するのはなんでだ？　そんなんならバイトなんてやめちまえ。バイトをした事がないノブルくん。問い質すことはできない。そんなものだ。いなくなったのだから。風呂場から聞こえる何語かも分からないあの歌は？「ぐろぉーおおおおおー。おおおおおー。おおおおおーりあ。いんえくせるしすでーえーおー」父は、本当に聖歌隊のリーダーだったのか？　力石徹の葬式に、ビートルズの来日公演に行ったのだろうか？　スキーの国体選手だったのだろうか？　版画で内閣総理大臣賞を獲ったのか？　死人に口なし。画家になりたかった父。自分は死んだ者にばっかり寄りかかり。どこにいても、爪先立ち状態。くるぶしは震え、いつしかかかとは中空を彷徨う。近頃顔を出さない彼奴をおびき出すため、反復、反復、反復横跳びで残像を作って彼奴をおびき出すも、頭は音を発しないし、彼奴は出てこない。しかたない、彼奴ではなく自分の口に言わせる。偽善め。死者にへつらう彼奴を見ていると、どうも気色が悪い。故人への想いではなく残された者のエゴで全て決まってしまう。が、偽善で固められた自分は死者と離れる事もできず、バラバラにもできず、トボトボ後をつけるだけ。何事にも遅れる。空気に伝うあれこれは、何事もなく、脳みそを這うわ飛ぶわ。口から出せたら、叫べる奴はいいよなぁ。彼奴はニヤニヤと、オレの声は空気を振動させないからさ。透明な郵便局員が今日もなにやら投函する。カッコン。カッコン。変な鳥の鳴き声で今日も目覚めた。

祖父はボーッと、なにやら、水路に詰まった葉を見つめている。祖父に限らず老人は何を見つめているのだろう。行為からわざとらしさは消え。植物と同化し子供のようにそこに佇む。いちいちちょっとした日々の変化にリアクション、引っ掛かりながら、ありゃ？　ん？　なんじゃ？　ゴンゴンゴンゴン。

「朝方ゴンゴンいうき。誰が洗濯機回しゆう？　と思っちょった。ありゃ何や」

「弟のイビキっす」

「そうかいゴンゴンゴンゴン寝ゆうか。よう寝れるって事はええことや。わしらは、寝たくても寝れんき。昨日は、ライオンが人を咥えて飛ぶ夢見たせいで寝れんかった」

珍しく本当に羨ましそうな顔を浮かべ、自分の部屋へと去っていった。

「朝、歯みがきしてたら、埃の塊があったの、その埃が動くのよ。ゴキブリ？　ほい、ほい、って掃きながら言ってたら。埃でコーティングされたカエルなのよ。カエルくん、おかえりって、独り言言いながら、ほうきでホイって外に出してあげた」

「蚊が出てきたにゃー」

祖父ドスドスカンバック。もうナニガナンダカ。

水曜日の朝は早い、母の通院の日。珍しく家の電話が鳴った。大叔母から私も病院だから帰りついでに乗っけてくれないかという連絡だった。なにやら手術をしていて、今日退院することになったらしい。県道沿いの得得うどんで昼ごはんをすませ、市内の病院へ往復3時間の道のり、四万十町中央インターチェンジで高速を降り、ここから国道381号をひたすら走る。ニコニコと冗談を言う大叔母は思ったより元気そうに見えた。一方、四万十川は近頃のかんかん照りで、元気がない。

「おばちゃんが二十歳の時だった、二階まで水がきてね」

「しょっちゅう畳二階に上げよったもんね」

「暴れ川よね」

母と大叔母が会うのは、大叔父の葬式以来か。助手席に座る母、後部座席の大叔母。交わる事のない目線は、お互いを思いやる最善の距離感に思えた。

「……あの日もね。東京から来たアナウンサーがはりまや橋の上で、今晩高知県はものすごい雨が降るからって言って。おとうさん。こんな雨が降るから船あげよーって言っても。うんうん、こっちの方まで来んって言ってたけど。あれがどうもざんじ（すぐに）大きくなったってみんな言うがね。水の勢いで流れた船は、10艘あまり全部沈んだっていうから……。だけどおとうさんの船は見つかったのよ、翌日」

「……おんちゃんは夜中に」

「夜中に行ったのよ」

「雨がひどいから行ってみたの？」

「いや、雨はもう止んでて、……傘もささなくて、船を沈下橋の近くに置いてるから、それをちょっと引っ張っておこうと思って行ったのが、どうなったか分からないけど」

「あぁ……」

「なんど待っても帰らないから、おばちゃん、夜中に一人で行ったのよ」

「やぁぁ、大変だったね……」

「それが3時頃だった……。あぁ、流されたなと思って。それで不思議なのが、普通だったら、ライトをつけたまま。明かりをとってからするはずなんだけど、ライトもつけないで、キーもとってるのトラックの」

「……」

「それがどうしても不思議なの。いっつもおとうさんは坂のところでライトをつけて、明るくしてするのよね」

「……まっくらいもんね」

「まっくらだもの」

「……」

「だからね。不思議な事がいっぱいあるのよ」

「そうぉ……」

「……なにが起きるかわからん」

「ほんと……」

「不思議とね。その日おばちゃんが夜中一人でトボトボ帰ってたら、若いおにいちゃんが上から降りてきて。おばちゃん、こんな時間に一人でなにしゆう？　って言うけん」

「たまたま？」

「たまたま。だからあの、おとうちゃんが帰らんがよぉって言うたら。森林組合に勤めよる人で、電話しちょくけんって言って別れたのよ。何人か心配して来てくれたけど、こんな夜中にみんなに知らせてもしょうがないから、夜が明けてから警察にも知らせて。それからが大変だったのよ」

「……」

「おとうさんは釣りが好きで、川が好きで帰ってきたのにね。冗談で死んだら釣りの道具を棺桶に入れてくれって、三途の川で釣りがしたいきねって。こんなになるなんて夢にも思っていなかった……」

「ねぇ……」

母の口から溢れる言葉は、だらしなく伸びる事しかできず。否定も肯定もできずタダタダ大叔母から発される言葉の敷物に。ギギギギ。ギギギギ。タイヤは中央線を踏んづけて異音を発していた。

「私いつも言うの。シズは姉妹のうちだよって、シズが赤ちゃんの時に、おばちゃん取り上げて、あそこで、産湯使わせた。だからもう、よう忘れん。おとうちゃんが言うたよ。色が黒くて下駄みたいな子じゃって」

「ひどい……」

「ひどいろう。下駄みたいな子じゃって」

「それが吉川の時？」

「吉川。シズは私、本当に妹と思うちょるけんね、まぁ、シズのおかあちゃんに可愛がってもらったもん、本当可愛がってもらった」

「おかあちゃんとね……仲のいい姉妹やったね」

「家の写真整理をしてたら、シズの小さい時のいっぱい出てきてね、おかあちゃんの写真もあれあげてもかまん」

「いやいや、とっといてとっといて」

「あれもう一枚あるのよ、今度たずねたら。用意しとくけん。……シズね、旦那さんの七回忌。お寺でするが？」

「お寺お寺」

「お寺？　果物とお花買ってあげて。ちょっと入ってるけん」

「また……おばちゃんええって」

「ノブルさんとは気が合うたけんね。少しよ、少し。たくさん入れてないから、お花か果物買って祀っちょって、おばちゃんからって名前を言うて」

「いやぁ……」

「気持ちだけしか入ってない。まぁノブルさんはあっさりと生きたね……」

「まぁまぁ……気長な人だったね」

ある日ある事をきっかけに断絶は受け入れられるものではない。少しずつ、少しずつ。口から吐き出しながら谷底との距離を測り続けるほかない。生きちゅうもんは難儀なもんで、祈りでもって別れを飲み込む。必死に袖を引っ張るのを忘れて、また死を嗅いで、今にチョンと触れる。誰しもが一度は経験する事だからこそ、それぞれ死との距離はバラバラで測りきれない。大叔母から母に手渡された真っ白い封筒がダッシュボードの上で揺れている。自分は目線を逸らしている事を悟られないように黙って、川を見つめる事しかできなかった。


もうすっかり季節は夏を脱ぎ去り秋の陽気。彼岸花に黒いチョウが止まっていた。毒バナの蜜をすする、黒いモンシロチョウ。ポォォン。パァァン。母が弾いているのか。40年以上調律されていない。母が音大受験用に買ったピアノがだらしなく響いている。仏壇に骨壺とともに置かれた、空色のスカーフと度付きのサングラスがまた喋り出す気がした。ブロロロロロ。郵便さんのバイク音が聞こえてくる。ハラ。家の裏の草を刈ってもらった際に、首の皮一枚、生き長らえたバラの花。窓外に佇む一輪のバラから薄ピンクの花びらが一枚落ちるのを見てしまった。カッコン。今日は不思議な事が続く。埼玉に住んでいた頃、地区ごとに埋めたタイムカプセルが掘り返されたそうだ。郵便受けに、18年前の母から手紙が届いた。

10年後のソラくん、フウヤくん
まず、今日、あなた達の1日です。

ソラ6：45起床。「何、着ていこう」で悩み。

「もう、7：00かよー」と言いながら朝食。

7：20「おー!! さぶー」と、登校。

フウヤのんびりと、8：00起床。ストーブの前にペタッと座り、こりにこっている、あやとりをやっている。

フウヤのあやとりは、すごい！ 教え方もうまい。しっかり朝食をとり、9：00幼稚園Busに乗る。

今日は、終業式、通知表を持って、ソラ帰る。「一学期よりは、良かったけど。13m泳げたのに、がんばりましょうだ！」と文句、タラタラ。

その後、フウヤを迎えに行き、合唱へ。

光の家で歌った。はじめ、いろんな障害の人達に皆かたまってしまっていたが、のびのびと、よく歌えた。聞いてくれる人達が、本当に楽しそうに、聞いてくれた。音楽を楽しむという、原点を教えられた。すてきな一時だった。

それにしても、ソラはいい声を持っている。フウヤは6才にしてハモれるのは、すごいことだ！

さて、10年後、母は、生きていられるだろうか。ソラも、フウヤも、元気でいてくれるだろうか。今年は、高知のばーばーが亡くなって、いっきに高知が、気になる年になった。ソラも、田舎に帰る事も、意識しはじめた。10年後、高知にいるのだろうか。越生にいるのだろうか……。どんな青年になっているのだろう。

どんな、若者になっているだろう。

一緒に、この手紙を見られる事を願っています。かわいい、大切な、ソラくん、フウヤくん、いつまでも、二人、仲良く、たすけあって、生きていてほしい。

さあ、明日は、合唱団で、光の丘（おじいちゃん、おばあちゃん）で、歌いますよー。冬休みもはじまり、12／25から、はじめての新幹線に乗って、高知に帰ります。

10年後、元気でまた会おう‼

２００１．12／21（金）

母の手紙の他にも、絵や文章が同封されていたのだが、父の事を記しているものは何一つなかった。父の手紙も入っていない。

祖父はテレビに映る台風の軌道に沿って傾いていた。口を大きくあけ、伸びきった右手を軸に傾いていく。

「ひんまがっちゅうのぉ。近頃は、台風さんもひんまがっちゅう」

ピュンピュンピュンと、誰かの口笛が聞こえてくる。その2秒後、家が揺れるほどの突風がやってきた。

「びゃーびゃーうるさい」

駄々っ子台風、誰を呼ぶ。家を揺らし、窓を叩いて、山がしなり、屋根を伝い、雨がゴンゴン降ってくる。

「ゴンゴンゴンゴンったく。今年はよけ降るのぉ。ジュブジュブ降るばーのもんよ。家を打楽器と勘違いしちゅう！」

気づいてくれ、かまっておくれ。もう誰でもいい。話し合いはもうやめて。振り向いておくれ。駄々っ子。駄々っ子。窓を濡らし、家を叩いて。吸って。吐いてー。ひーひーふー。

「うるさい！」

たしかに、父は最期にそう叫んだ。意識が戻らず2、3日が経過し、病室から帰るに帰れない人たちは起きない父を他所に馬鹿話を始めていた。人の耳は最後の最後まで、聞こえてるらしい。父は最期、寂しかったのだろうか。

「降るわ、降るわ、声がふるふるばぁよ」

けたたましい台風は、あの世で溜まり溜まったもんを捨てるためにコルクの栓でも抜いたかのように。渦を巻きこの世に降り注ぐ。やはり父は死んでからの方が父らしい。

雨のカーテンが山を囲む。風に追いやられる様にまだら模様の雨のカーテンはゆらゆら西に流れて。さて、サドルをブロッコリーに変えて、スリッパ、オキッパ、膝っこぞう。生者代表の祖父、ごうかいな屁。これに勝る者はいなそうだ。

「わたしは今室内の安全な場所にいます」台風中継は1日続いた。

台風中継に飽きた祖父がチャンネルを変えると、ガンステージ4の5年生存率11パーセントというナレーションと共に、生存率がグラフで表示された。母がカツオのハランボを頬張りながら「こんなの生きようと思っている人もガクッて落ちちゃうよね。詳しくはホームページでって」

祖父は薄目で見たテレビにグラフが映っているのを見て、地震か降水確率だと思ったのか。

「いっくら用心しても、来る時は来るきね自然には逆らえんき。しょうがない、天命じゃきね」

河川監視チャンネルに映る、増水した川に目をとられた。今年何度目だろうか、沈下橋は再び顔を沈めた。

「近頃、川の調子が悪かったきにゃ。洗濯や。洗濯。風が西から流れだしたら台風の終わりやき」

部屋の隅のほうで、珍しくハエが飛んでいる。

「ん？　ノブオくんか？」
ル、だよ。ノブル。祖父は父の事をノブオと呼ぶ。ひゃっはっはっは。くったくのない笑顔を見せるが、前歯がない。どんどん歯が消えていく。どこに置いてきたのやら。
「父かもね」

ハエを放っておく母と、叩き殺す事に必死になる祖父。雨はゴンゴン降り止まぬ。

いつしか母はツカツカと杖をつく様になった。「腰の骨がすっぽりないんだって」笑いながら父が最後の登山のためにと買っていた杖でコツコツと石段を登る。杖を軸に足を引きずりながら左右に体をユラシ。エッコラ、エッコラ。ゴトゴト、ゆっくりと。

弟は首にネックレスをつけ始めた。柄に合わないものをつけ始めたなと思っていたが結婚し、子供が生まれるらしい。母は偉く感動していた。

「高知に引っ張ってきちゃったから。これで肩の荷がおりた……」

翌朝。靄《もや》がかった我が家に、蠢《うごめ》く二つの影。布団の中から盗み聞きする限り、一人は祖父で間違いなさそう。

「今日は比較的涼しいねぇ。風がそよそよ歩きゆう」

「元気かえ？　近頃、ぱったり、顔出さんと思っちょったら。痩せたかぇ。飯は食っとるんか？　食わんと、人間は食わんと終わりやきね」

「戦争の時、カボチャしか食えんくて、肌が黄色くなったもんよ」

「そうよ、そうよ。無理はせられん」

「無理はせん。モゾモゾしたもんよ」

「わしら年寄りは骨折したら、終いじゃ。寝込んで死ぬまでよ」

「元気。元気にやりゆうよ」

「そりゃええわ。健康が一番じゃ」

別れの言葉はなく、車が走り去る音が聞こえた。ザーザーザ。ガラガラ。祖父の足取りはいつもよりゆっくり。どんな顔をしているのか気になり、母屋へ行ってみる。食卓には焼いたカマス、リュウキュウ、オクラ、ごはん、納豆、残り物のそうめん。

「なんや、早いにゃー。腹減って起きたんやろ？　我慢できんかったんか？　わしらがお前らの時分は、食いたくても食えんかったき、ええわ」

取り越し苦労もいいとこだ。

「もう死んだと思っちょった同級生が訪ねてきたわ。生きちょったね」

四捨五入して90にもなると死との距離はそんなものなのだろうか。

「もうあの世の方が友達もよけおるきね。げにこのそうめんは、モサモサしちゅうにゃ。揖保乃糸じゃないろう？」

「佐野屋よ」

「でよ、どこのよ」

「知らんよ」

「……今年は、雨が降ったき、タイモが太っちゅう。野菜は正直やきね。蒔く人の性格がでるき」

今朝採ったのか、サツマに土のついたタイモがのっている。

「ワセ、早生のタイモやね。明日煮ちゃろ。作物の早生の反対分かるか？」

「知らん」

「バンセイ、晩生！」

食器を重ね、流しの溜め水に投げ込んだ。

「しもた、真空になってもうた」

カポ。小皿を茶碗に入れて流しに置いた結果。真空になり、小皿が茶碗にすっぽり挟まり抜けない。祖父が悲しい声をあげるも、ガサゴソ。みかんを選別してそそくさと外へ出て行った。玄関の透けたガラスから見える影は、いつものように畑仕事用の麦わら帽子をゆっくりと被った。

「ありゃ。山からの水がこん」

祖父は裏山へ、ゆるく閉めた蛇口から山からの湧き水が顔を出そうともがいていた。水滴が、ホッホッホッと愉快な音を奏でる。台所からきしまめ茶の葉をいる音と。落花生を割る音。ス。ス。ス。芋のツルを剝ぐ音。窓の外をひっそりと、木々が沈黙を共にして佇む。そんな生活音に改めて気付き、耳を傾ける。

「墓も掃除せないけんにゃ」

ブロロロ。急展開。祖父が運転する軽トラのエンジン音が聞こえてきた。我が家は集落のどん詰まりの家だが舗装されていない農道が家の前から延びている。ガタガタと飛び跳ねながら農道を進むと、雲のおもらし。ちびったような水滴が窓ガラスに垂れてくる。竹が昨夜の雨風でへし折れ、道をだらしなく塞いでいた。

「ったく」

軽トラックをおり、腰につけているお手製の柄鎌を鞘から抜き竹に鬼の形相で何度も何度も叩きつける。

「もうこいつもボツかえ」

諦めかけたその時、竹は割れ、中から溢れんばかりの雨水が飛び出す。祖父は、竹をぞんざいに放り投げ運転席に戻ってきた。

「神はさかき。仏はしきびやき」

道の途中に生えているしきびを枝ごと落とす。ツヤツヤで鋭利な葉の、鼻を突く臭いは、動物や虫から墓を守ってくれるらしい。山に沿った急勾配の階段が見えてきた。ゆっくりと石段を登る祖父の後をついていく。

「げにまっこと、なんやね。体の不自由なこたぁ」

墓は山の上と下に分かれていて、全部で40基くらい。下は父や祖母の眠る墓。竹ぼうきで、墓の上に載った葉っぱを払う。水差しに溜まった水を捨て、古びたやかんから水差しに水を注ぐ。しきびをハサミで細かく切り水差しへ。墓に水をかけ、米を少量置いていく。手を合わせ、まじまじと墓を見ているとほとんどの墓石に誰々の妻、夫、享年が彫られていた。天保と書かれている墓もある。これが天保なら、隣に鎮座する、何も彫られていない石はいつからここに居るのだろう。

「そないに、長く祈るな。ご先祖さんも心配なさるじゃろが」

「足が痛いとか、腰が痛いとか、祈ることは腐るほど」

「ばか！　ほとけさんには、感謝を告げるもんじゃ！　わしらは、ご先祖さんがやっといてくれた上に立っちゅう。ご先祖さんが、頑張ってくれたから怠けられる。感謝しかないろう」

ダレタの一言で、下の墓掃除は次回に持ち越し。

「来年はこの階段よう登らんかもしれんね」

「まだ大丈夫、大丈夫」

午後から光が差し込んだ。久しぶりの晴天。畑仕事は今日の晴れ模様によって、土が乾いたら明日以降再開すると宣言された。稲を刈った田には水溜まりができていた。誰が何をしても沈殿し、滞留するものがある。

「ヒメちゃんとこの畑よりうちのが粘こいと。うちの畑はもともと田んぼやきね」

数日前から、2軒隣のヒメちゃんとこの畑を耕す約束をしていたらしい。様子だけ見にいくことを告げて祖父は外に飛び出していった。が、右足を軸にコンパス、コンパス。畑の方向へ向けていた足をグルリと高速反転180度。ガラ！　祖父が急に血相を変えて引き戸を開け手招きをした。空を指差す祖父の口はカッピラキ、喜怒哀楽どれとも言えない見知らぬ表情を浮かべている。嘘のつけない祖父を表すいい顔だと思い写真を撮ろうとしたが怒られた。浮かぶ雲はいつもより急ぎ足。空にかかる電線越しに見えたのはツバメの群れ。突然の突風。台風によってもたらされた風を待ってましたとばかりに風という乗り物に身を預けフィリピンへ帰っていく。ツバメを地上から見つめる祖父と母。母の腰に巻かれたエプロンがパタパタとそよぎ手を振っているよう。ツバメの家族にとって、高速道路みたいなものなのだろうか。今年は楽して帰郷できそうでなにより。

「うちにいたトゥバメもおるかね」

「おるろうね」

ソヨソヨ帰っていくツバメの群れを眺める二人の背中。陽炎のように来年という月日は途方もなく伸びていく。また三人で来年もツバメを見送ることができるだろうか。「来年もくるかにゃ」「来るとえいね」遠ざかる群れを見送りつつ、我が家も三者三様散っていく。プッツン、はなればなれに。母の肺に溜まった水やら、埼玉の我が家やらピンクの賃貸住宅やら。アカやらなんやら、他人の素手や言葉や風や雨でかき混ぜて、彼奴へと姿形を変え、混沌は渦を巻き、それまで見えてたものまで見えなくさせてしまう。人の意識は流れを失うと腐り、アカで前が見えなくなるのか。家に滞留し、沈殿したモノは流れ出た。人が人を流していく、流れ着く場所はどこへやら。腐らぬように生きて行くには？　調律は常に狂っていく。いつからなんて分からない。気づけばいつも一瞬で、振り返るとスイッチの様なものがすでに押されていて、スイッチを戻しても時間は戻らない。押したのは誰だ、と短絡的に仮想敵を作ってしまう頭を今一度ぶち叩く。優しいレースのカーテンが風を受けるように、田に光る雨水の落書きに顔を映してみる。

――嘘が真で通る世の中を大股開きで闊歩して何が悪い！　馬鹿！　意味なんてあってたまるか！　川の藻とか草に引っかかった粗大ゴミみたいなもんやき。浮かぶことも沈むこともせん。ぷかぷか浮いちょったらええがやき。

久しぶりに顔を出した彼奴もすっかり土佐弁になっていた。近頃大きな怒号が拡散され、小さな吐息がかき消されていく。権力は暴力に変わり、整理整頓、歪んだ正義感。あたかも必要不可欠そうな佇まいの犯罪者のドヤ顔は以前にも増して世の中の画面を埋め尽くす。ただただ、つつましく生活している人が泥水を吸い、ただそこに佇みたい人が涙にくれる。美しくなんてなくていい。自分がもう少し浮かび上がれさえすればもう少し物事を冷静に俯瞰して見れるのだろうが、まだそんな余裕はなく、だらしなく二つに分かれるのみ。戦はまだ終わることを知らない。誰かが終わったと言っていても、そこから始まった何かが必ずある。同じ事が回っている様で、二度と同じ事は繰り返されない、もし次来る戦があるとしたら、それはもう始まっていて、もっと一瞬で、起こった事にも気づかないかもしれない。その時、自分は自分で居られるだろうか。生活に溺れているだろうか。できればその時、ほんの少し浮かびながら、友人や家族に突っつかれながら、せっつかれながら、見つめる目と耳を持っていたい。自分が自分であるために。誰しもホッとため息をつきながら、フッと前を見つめていても、自分の信じた道は逸れて蛇行を繰り返し、脇道に生えた雑草に車輪は搦めとられ、エンストを繰り返す。そんな時たまたまの想像力を持てたら、もう少し優しく生きられる気がする。たまたまあなたが僕じゃないだけで、たまたまソコがココでない、たまたま僕はあなたの子供。たまたまの産物の自分を今一度戒め、反復横跳びを繰り返さなければ。自分が自分である事を尊び、自分が自分で無くなる事をもっとも恐れた父のように。

「君が6年間で歩いた距離は万里の長城よりも長く。日本往復よりも長く。地球の10分の1周だ。一生で地球一周以上あるくだろう。おめでとう。これからもたしかな一歩を！」

　小学校の卒業文集。保護者からの一言の欄。父のメッセージカードだけ逆さまだった。通学路をはずれ近道とされる道に大きな木が立っており、根元には防空壕があった。そこを秘密基地とし、結果そこは近道ではなくなった。放課後のドッジボールから逃げるように、防空壕の中へ駆けていく日々。同級生に言わせると、ヘタクソな僕には特別に機というものが三人分あるらしい。外野から始まり、外野で終わりたかった僕は、機をよく人にゆずった。このままずっと外野にいて、中に入りたくなかった。が、それゆえに平静という寝袋にくるまり、忘れ去られ、変死体としてあの防空壕で発見されないように。彼奴という穴を自分が自分で掘り進めていたのかもしれない。

「おい。おい」

玄関で洗濯物を持った母が立ち止まり、尻尾の切れたトカゲに呼びかける。

「この子いつもここにいるんだよ」

当のトカゲは下駄箱の隙間に逃げこんだ。

洗濯物を慌てて下ろし、ほうきに持ち替える。

「あんたそんなところに逃げても、干からびるだけだよ」

母の必死の呼びかけにも、トカゲは応じるわけもない。

「夜寝る前この子が気になって。口に入ってくるんじゃないかってさ」

母は洗い物を終え、チラシをボーッと。

「なかなか見れんし、行ってみない？」

めずらしく花火が見たいと言い始めた。

「今から?!」

今晩、隣町の港で花火大会があるらしい。

「雨も降らんかったし。車の中から見てみるわ」

「それがええろう。気をつけていってきなさんせ」

日も落ち夜道を照らす街灯などなく、夜を走る車のライトだけが辺りを知らせる。

「夜はしるのは、ひさしぶりだね」

頭上を闇と同化した予土線の汽車、窓だけが浮かび上がり駆け抜けていく。交差するように田んぼに潜んでいた、名前も知らぬ鳥が飛び立つ。無人駅の蛍光灯がいつもより明るい気がする。橋の上の蛍光灯は切れかかって点滅していた。クーラーをつけていたが、夜風が気持ちいいとクーラーを切り窓を開け、高速道路をひた走る。スッボコ。スッボコ。スッボコ。スッボコ。出遅れたわれわれは渋滞の中にいた。山肌を花火が照らす。出遅れた破裂音、ちょっと待ってくれと袖を引く山からの呼びかけも虚しい、音だけの花火が夏を引きちぎる。

「ソラと見る花火はいっつもズレてる」

笑いながら母がつぶやいた。埼玉の我が家では、部屋を真っ暗にして窓越しに山肌を縫って顔を出す光と音のズレた花火を家族全員で見るのが恒例になっていた。そんな事を思い出しボーッとしていた僕に、母は前の車が動いた事を教えた。

「ほいさ」

ぴょんと、カエルがフロントガラスにどこからか飛び乗り、居座った。花火の音が近づくにつれてチクリチクリと心の臓を小突く。近頃なにをするにも最後が頭をよぎる、これが母と見る最後の花火かもしれない。流れていく日々の中で、気がついてないわけでもない、目を背けているわけでもない、しかしガンという現実によってムクムクと立ち昇ってくる終わりに向けた線が引かれると、その事に背を向けている自分と目が合う。

――ガンの種は皆持っていて、それが咲くか咲かないか。

「自然に溶けこまないと腐る」

――噂話供養、おしゃべり供養、思い出貯金。

「ダレタ、休憩じゃ」

いい事があれば悪い事が起きる。昔からクルクルとオセロのように。ダラシなく分離し、えっせ。えっせ。と歩いてきた。幽体離脱というものが存在するらしいが、もともと人は三人なのではないか？　どうやら僕の中にいた一人は父の遺骨を抱いたまま死んじまったらしい。そうか、僕は一度死んでいた。そして、もう二度死ぬのだろう。放課後のドッジボールはまだ続いている、残り2機。親の死という死の予行練習を一度終え。もはやただ呆然と外野に立ち尽くしている場合ではないのかもしれない。死んでふわふわと浮かび上がった彼奴の方がより自分の様だ。そんな事を考えていたら。

「あぁいい風。こっちは稲刈りまだなんだね」母のつぶやきと共に、いつのまにか1機目を減らし内野にいる自分。風になった彼奴が揺らした稲穂を見つめてしまった。

母を家に送り届けた後、この浮ついた気持ちをどうにか静めるためにコンビニへ。夜風をもう少し体に染み込ませ、運転、運転。ラーメン豚太郎の角を曲がりエネオスが見えて。

どん！！！

チッカン、チッカン、チッカン。豚太郎、エネオス。豚太郎、エネオス。もくもくと車から立ち上る虹色の煙。あぁ綺麗だなぁ。前方に転がる、ひしゃげた車体から母くらいの年齢のご婦人が肩を押さえて出てきた。あれメガネ？　どこいった。激突。エアバッグ。幸い相手もこちらも軽い捻挫程度で済んだ。赤点滅、黄色点滅同士の衝突。お互いの前方不注意ということで事故は処理された。

伸びきった脳を引っ張り上げていると、レッカー車は、ひしゃげた車のみ運んでいった……

「え、乗れないんですか？」

「はい、私と助手で席は埋まってます」

見かねたエネオスのおんちゃんがうち泊まってくか？　と言ってくれた。

なかなか寝付けない。ゲームセンターにある、クレーンゲームの音を水中で聞いてるような。あぁ、クレーンゲームの箱が水槽に見えいくつもの渦が下から上に昇ってきた。瞳の上の二の腕、赤い点滅光が三つ。動脈と眼球を刺激する。脳内で垂直にいくつもの渦が伸びる、まっすぐ天井の方を見上げると永久的に伸び続けるので横を向いて寝てみる。これがフラッシュバックというやつか。近頃なにやらずっと腹が痛く頭痛ぎみ、ガスデールを服用するがますます靄がかった脳みそを、事故がガス抜きしてくれたかの様に、不思議と朝起きると視界体調共に良好。難が人生のガス抜きをしてくれる事もあるようだ。

彼奴が手を振っている。虹色の煙越しに。

これで本当のお別れができそうだ。

ホッとため息をつきながら。幸福と思っていた母船はただの動かぬ海面から突き出た棒切れで、そこにしがみつくことに必死になっていた自分を彼奴に見た。自分が自分である事を尊び、父は最期、病室で雪を見ながら終わりのない歌という詩を書き残し死んでいった。母はその詩を歌にし、家族三人で歌い録音した。終わりはない。少女の様な軽さ、老人の様な重さを行き来しながら今という時間、ひとつひとつを懸命に気丈に受け止めている母や祖父を見ていても、終わりはない。終わりを告げられても少しずつ流れ出す自分以外の者が真横を通過していく。なにごともなかったかの様に流れていく。だから今日も家事をし、洗濯をし、干す。山並は今日も背中を丸めて朝日を待つ。

冬がまだかまだかと顔を出しては引っ込める、集落総出生姜掘りの季節。この町に立ち込める生姜の匂いと柚子の匂い、おんちゃん、おばちゃんの下ネタ、悪口、馬鹿話、オブラートに包むように霧が立ち込める。生姜は繊細な植物なので、機械化できず。ここいらでは集落総出、ほぼ手作業で生姜掘りをおこなう。年に一度、朝一から始まる集団作業、チッカ。チッカ。ザッザッザッザ。クワとハサミの音が聞こえ出す。タイムリミットは霜が降りるまで。

——あぁ。パンツのゴムがゆるんじゅうき、のうがわるい。

「わかいしゅう！　経験が先生やき。そのうち馬力じゃのうて、要領で仕事しだすき」

——この世を楽に生きてもあの世で苦しむきね。

おんちゃんが一人ぼやくとすかさず、おばちゃんが手を動かせとばかりにピシャリと言葉を被せる。作業と共に開いた口は閉じることを知らない。

「人間はこの世におるときは修行期間、苦労は買ってまでせいって、おれはいやぞ！　苦労なんてしとうない、平凡がいちばんよ」

——去年は、生姜におちんちんの毛がよけついちょった。

「去年は雨がよけ降ったもんよ」

——屁こいたろ？

「カエルを踏んだんよ」

――これでもやせた？

「腹がでてよぉ。ションベンするとき。ちんこ見えんかったもん」

――わしも髪はないき眉毛だけ太くなっていくもんよ。

「ハゲてもうたけんど、火葬するときよけいなもんついてないほうがええろう！」

生姜は、緑の長い草の根にくっついて縦横無尽に伸びて埋まっている。前日雨か晴れか、土も硬かったり柔らかかったり、生姜の大きさ、根の太さ、毛の量、性格が異なり、抜きやすかったり抜けにくかったり、バラバラ。子供の白い生姜はオレンジ色のコンテナに。親の黄色い生姜を青のコンテナにポンコラ投げいれていく。

チッカ。チッカ。ザッザッザ。

「うろこ雲みたいになっちゅう」

秋の空やね。

朝は霧が包み込み、山に隠れ日陰だった場所にも日が差し込む。震え上がって、ひやい！ひやい！　と作業していた、おんちゃん、おばちゃんが汗をぬぐい、ぬくい！　ぬくい！

と叫び出す。

「猫とネズミの言葉やき土佐弁は、ちゅうちゅうニャアニャアってニャア」

チッカ。チッカ。ザッザッザ。

「来年はうちもフィリピン人を雇おうかね」

「フィリピンのねーちゃんきたら、仕事にならんろうねぇ」

――ケツばっか追っかけるぞ。

「けんどよ。人がおらなねぇ」

――そうよ。人手がおらん。

「土も休ませんといかん」

チッカ。チッカ。ザッザッザ。

――戦争は陣取り。仕事は段取り。クソはくみ取り。

「ありゃ！　ション太郎になっちゅう。なにお、しょぼくれちゅう」

――ぞうくそわるい、あのババア。

「あの人は全部まともに捉えるき冗談トゥじんき。全部まともに捉えられたらたまるかね」

「なに言いゆう」

「わかいしゅう、わかいしゅう！　タバコ喫《の》まんかえ？」

太い、土まみれの親指でタバコの火種を握りつぶした。引っ越しの時もそうだった。口から腐りかけのもん全部吐き出して。一人ではなく、二人、三人、みんなでかき混ぜて。腐りそうになる自分から自分へと洗濯し乗り継いでいく。

「おるかね？」

2軒隣のヒメちゃんが、手押車を押して訪ねてきた。ぱかっと開け、母に梨を手渡してくれた。雑草と混じって勝手に生えてるケイトウの花をまじまじと見つめている。

「人間が植えても生えんのに、植物はえらいね」

「ケイトウ植えてみる？」

「もう昔は花をたくさん植えちょったけんど、もういかんね。ようせん。元気なうちは、あれやろうこれやろうと思うけんど、もうしんどうてね。腰も痛いし病院行っても変わらんきもう終わりよ。元気なうちが花やね」

まぁ、そう言わずと、母がケイトウを選別し始めた。

「もっと赤いのがええかね」

花に種が付いているケイトウは、ちぎって植えれば生えてくるらしい。母の手からヒメちゃんの手へと手渡されたケイトウ。ケイトウを持った右手で、太陽の光が眩しいのかヒメちゃんは目を覆った。

「あんた、しんどうないかぇ？」

「うん。だいじょうぶ」

「ねぇ。家の事と洗濯、掃除も、ずるうないぜねぇ」

「やれる事だけのんびりやりゆう」

「そうそうそう。のんびりせないかん。ね。お兄ちゃんは大阪におるんやろ？」

「こっちにおるがよ」

「いつから？」

「ずっと」

「毎日おった？」

「二人おったよ」

「この人は、はじめてやろ？」

「おばちゃんのところの畑やったのはこっちよ」

「ありゃ、このお兄ちゃんやったかよ。ソラくんじゃって、ソラくんはこの人？」

「そうそう」

「いよいよいかんねぇ。どういて、どういたちいかんねぇ。いよいよ」

「みんな間違う。下のほうが態度がでかいき」

「いやぁけんど、ソラくんじゃなかったか。ほいだら。この人は。だれ？　フウヤ？」

「これが、ソラよ」

「あぁ、そうか。いやー。隣の人もよう知らんち、どうならね」

「いやいや、みんな間違う」

「いよいよ、あれじゃね。静かなろ、こっちは。田舎はね」

「環境はもう最高よね」

「おとうさん言いよった。ちょっとは仕込まんと、いつ弱るやら分からんてね。こーしちょけ、あーしちょけって。仕込みゅう言いよった。今のうち、仕込んじょかないかん言うて」

「一番元気なのが、じいちゃんやね」

「いつも酒呑むきじゃねって言ったら笑いよった」

「よう食べるしね」

「ええわね。歌も歌うろう？　今歌いゆう？」

「最近はね。歌うたわんね。たまーに行って、歌はえいとは言うけどね」

「前はぎっちりみんな歌いよったのに、みんなぎっちり、やまったね」

「月に2回はみんな、来てくれゆうけどね。みんなもだんだん、歳取ってね」

「そうそうそう、歳になったきね。85やき私らも」

「おばちゃんとおとうちゃんは同じやお？」

「同級よ」

「同級生か。学校も一緒やった？」

「おとうさんよう言わんかね？　弱かったき、1年遅らせた言うで。小学校を。ほんで、1年、年上かね？　言いよったけど、どうじゃろね」

「86やきね」

「わたしは来年の2月で86よ。やっぱり遅らせちゅうね。同級生で入っちゅうけんど。体が弱かったと、学校いく時分に」

「初めて聞いた」

「けんど元気やね。女の子の下に、生まれてね。男の子が。大事に育てられたんやろね。うちの旦那と、びっちりね。あんた炊事場の上が二階やったきね。ずんたた、ずんたた、ずんたたたった。ってやりよったもんよ。おねえさんから、もう少し静かにせな、勉強できんやいか！　って、しょう、しこたましかられたって話しよった」

「ずんたたった。ってなに？」

「音楽、音楽よね。たんたたたたって」

「太鼓？」

「太鼓もないけど、自分らで言うがじゃろ？　口で」

「あ、口で」

「よく怒られたと。それからね。あの。あんたのところのお墓は水があるき。炭をね。いっぱい入れてね。石のこんな綺麗なの入れてね。昔は、焼かんかったきね。おかあが早よ腐らんようしよったと。それ、覚えちゅう。あこ、水があるき。よけ水がね。ほんでか、知らんけど。チカちゃんの夢も見たしね、タカちゃんの死んだ夢を見たわね。もうだいぶ前。去年も、一昨年もやったけんどね。タカちゃんの夢見てね、エプロン置いちょってって」

「えぷろん？」

「エプロン人にやらんと置いちょってって言うがやき。ほんで、チカちゃんはね。着物きれいに着て、こんまいこればの溝があるじゃいか。あこに座って、よいよヒメちゃん寒いこはって。着物と、羽織を。きれいに着てね。夢でよ。ぎっちり、座りよった。それば、水があるところやき」

「おかあちゃん寒い寒いってずっと言いよった」

「うんうん水が冷たいし、あの時分炊事場が外やったろ」

「おかあさんのエプロンは取っちょかないかんね」

「おかあさんじゃないぜ。ん？　タカちゃんはおかあさんやないろう？」

「そうそう、チカイのほうがおかあさんやけんど。おかあさんとおかあちゃんで使いわけゆう」

「うん、うん。後から死んだ人もね、私の夢によう出てきたき」

「ソラが小さい頃ここにおった事があってね。そうとう、面倒みてもらいよった。この子らは、おばあちゃんといったら、タカコやきね」

「ねぇ」

「ねぇ早かったね」

「チカちゃんは50代やなかった？」

「チカさん47」

「若かったね。ここ、しんどそうにあがってたね」

「もともと弱かったことは弱かったね」

「そうずっと着物着ちょったきね、着物のイメージがあるがね」

「うちにおる時はだいたい着物やったね」

「死んでからもね、綺麗な着物きて、座りよったきね。いやー寒い。水があるきやろあこは？　あの時分は焼かんかったやろ？」

「まだ土葬やったきね」

「近頃誰ちゃ、土葬せんけどね。もうたいてい、みんな火葬やき。この奥も、だいぶ遠くなってきたろ」

「近頃、墓までが遠くなってきた」

「あぁ。あぁ」

風が吹き。気圧に煽られ、雲がそよいだ。

うろこ雲がひとつ、群れから外れ、太陽の前を通過した。

「曇ってきたね」

「さてさて」

自らの足取りを一歩ずつ確かめるような、二人のゆったりとした足音を聞いていたら風がそよいだ。窓を開けてみる。換気、寒気。自分からはみ出た白い息が窓の外に見えるネムノキをボヤけさせる。田畑はまばらに霜を着飾り朝日に溶けていく。ポタポタと溢れる雫、残された時間の中で滑り落ちる今を懸命に生き始めた途端、後悔は溢れ出てくる。誰もが望むところへ辿り着くことはできない。どうしようもできない隔たり、断絶が、この世には必ず存在する。ただ、そんな谷底にすら蠢く流れはあって、季節を泳ぎ、流され、吐き出される景色にいつだって歩幅は合わせることができる。終わりはない。いつもそんな気がするだけで、止まるものは何もない。

エッコラ。石段を登る母の声に不安を覚え、慌てて外に飛び出すと。佇む母が振り向き「何してるの？」とニヤニヤコチラをはやしたてた。あと少し、あと少しだけ母と同じような歩幅で歩けたら。自分一人が立ち止まっていると錯覚する時「なる様にしかならんきねぇ」祖父の独り言は明日の終わりの予感を少し軽くさせる。昨日の残りものでお茶漬けでも食べようか。なんて今日の献立を空想していたら母の引き戸を開ける音が季節の動き出す音に聞こえた。

映画「はだかのゆめ」 シナリオ

キャスト

ノロ（20）　　青木柚
母（51）　ノロの母　　唯野未歩子
おんちゃん（46）　　前野健太
じい（88）　ノロの祖父　　甫木元尊英

監督・脚本・編集：甫木元空
プロデューサー：仙頭武則　飯塚香織
撮影：米倉伸
照明：平谷里紗
現場録音：川上拓也
音響：菊池信之
助監督：滝野弘仁
音楽：Bialystocks

四国山脈に隔てられた高知県。いまだダムのない暴れ川の異名をもつ四万十川。太平洋に流れ出るその川の流れと共に、生きてるものが死んでいて、死んでるものが生きてるような。嘘が真で闊歩する現世をお盆にも遅れたノロマが徘徊する。お互いの距離を、測り直していく、母と子の生死の話。

1 線路・車窓

闇夜を走る電車。ライトが線路を照らしている。
『カランコロン、カランコロン』
なにやら、空っぽな音とBialystocks の演奏が聞こえて来る。
ノロ（20）の吐息。

2 夜道

ノロ、夜道を懐中電灯片手に走っている。
カバンからラッパスピーカーが覗く。
汽笛が聞こえてくる。
ノロ、電車に追い抜かれる。
×　　×　　×
ノロ、フラフラになりながらカーブを曲がる。
電車の停車音が聞こえてくる。

ノロ、カバンの中から大きな黒い布を取り出す。

車掌のおんちゃん(46)、改札バサミをカチカチ鳴らす音が聞こえる。

3 電車・内

扉が閉まりかけた瞬間、ノロが大きな黒い布をまとい飛び乗ってくる。おんちゃん、時計を確認。笛を鳴らす。

再び笛を鳴らし電車は走り始める。

『カランコロン、カランコロン』

音を立てる頭を小突くノロ。

ガラガラの車内を見渡す。車内は靄がかり、水面を反射させたような不思議な光が差し込んでいる。乗客は皆黒ずくめ。

窓の外の風景に目をやるも、カーテンで見えない。

自分たちが進んでいるのか、周りが動いているのか……。

ノロ、少しふらつきながら電車の進行方向とは逆に歩いていく。

おんちゃん、ノロの肩を叩き切符を要求。

ノロ、カバンを開けて探し始める。

おんちゃん「……潮吹く魚（鯨）が泳ぎゆうのみたらしまいよ」

風の音と共に扉が開き、おんちゃん、ノロを突き飛ばす。

おんちゃん、閉まる扉を啞然と見つめている。

水面に着水する音が静かに響く。

4	母の家・内

椅子に腰掛け寝ていた母（51）、目をさます。

縫い掛けの服を畳む。

窓に付着している雨。ガラスに反射する仏壇におかれたロウソクの光。消えかけの火が懸命にもがいている。

部屋の中に誰かのため息、小言が漏れる。

母、椅子を離れる。

その声を振り払うようにロウソクの火を吹き消す。

母、椅子に再び腰掛けるが、窓に映る自分と目があう。

5 母の家・玄関

母、靴を履き、外に出ていく。
母の手には懐中電灯、杖。

6 母の家・階段

母、階段を降りていく。

7 車庫・内

母、杖をつき足を少し引きずりながら車に乗り込む。

8 道

夜道を車のライトが照らす。

荷台からガムを嚙む音。
もう一人の母、荷台でふんぞり返ってガムを嚙んでいる。

母「前」

母、道路に視線を戻すとノロの人型パネル。
急ブレーキ、間一髪でよける。
荷台には誰もいない、パネルもない。

9　沈下橋

母、橋のたもとに車を止め降りる。
懐中電灯を手に、何やら探している。
誰もいないことを確認し、再び車に戻っていく。

10　川の中

水の中をただよう、母の懐中電灯の光を見つめるノロ。

11 沈下橋

母、車に乗りエンジンをかけようとする。

12 車・内

母、何やら気配を感じ再び外に飛びだす。
懐中電灯をむける。

13 川の中

ノロ、水の中から母の懐中電灯の光を見つめる。

14 車・内

母、誰もいないことを確認し、車内へ戻る。

車を走らせる。

15　車窓

車窓から、沈下橋が遠ざかっていく。
川上から火振《ひぶ》り漁をしている船が降りてくる。

16　川辺

母の車を見つめる Bialystocks。
Bialystocks の服と同化したラッパスピーカーから音楽が聞こえる。
ノロが遅れて川から上がってくる。水面に映る自分と目があう。
『タプン、タプン』
頭の中で音が鳴る。
火振り漁の松明が照らす。

17　車・内

母、バックミラーを直している。
踏切が閉まる。
踏切の赤いランプが、母を染める。朝日が昇りはじめている。
電車が横切る。ラジオをかけ音楽が聞こえてくる。車を走らせる。

18　車　道

走る車。

19　母の家・倉庫

じい（88）、シャッターを開ける。
クワを用意。長靴に履き替える。

20　畑

じい、農作業の服に着替えクワで畑を耕している。
土にぶつぶつ話し掛けている。
じい、ハンマーで柵を叩き始める。

21　母の家・庭

洗濯物が風にゆれている。
母、ほうきで落ち葉をはいている。
木に何やら見つける。
母「ありゃ……。季節をまちがえて」
母、木を見つめる。
母「のけもんにされたかえ？」
鳩時計が10時を知らせる。
家の中へ入っていく。

母が見ていた木には、セミの抜け殻がぶら下がっている。
家の中からコーヒー豆をひく音が聞こえてくる。

22 母の家・内

母、コーヒー豆をひいている。
音は徐々に二つになりずれていく、母が分裂するように二重に見える。

23 天狗高原

霧の中、高原に沿うように車道が延びている。
ノロ、四国カルストをチンタラ歩いている。
『タプン、タプン』
音のする頭を何回も小突きながらフラフラ歩いている。
少し後ろを Bialystocks 付いて回る。
巨大な風力発電が立っている。牛がこちらを見ている。

ノロ、牛を見ている。

牛とにらめっこを始めるが、牛の顔が歪んでいく。

牛「ノロ。ノロ。ノロマが」

ノロ、しんどそうにカルストの岩に抱きつく。

牛「ハンプク横跳びを繰り返す日々で忘れとったわけじゃない。ここいらは、水が強すぎる。腹の中に帰った気分じゃ」

ノロ、岩に耳をあてる。

『タプン、タプン』

自分の体に潜む水がゆれている音が鳴り始め、眠りにつく。

× × ×

ノロの周りを囲うようにノロと同じ格好のBialystocks。

ラッパスピーカーをノロに聞かせる。

おんちゃん「……潮吹く魚（鯨）が泳ぎゆうのみたらしまいよ」

ノロ、手を双眼鏡の形にさせて覗く。

海が見える。

24　手の中の海

鯨が潮を吹く。ノロ、覗いたまま横に動かしていく。

25　竜串《たつくし》海岸

岩に打ち付ける波。
バリボリ、音のするほうへ向ける。
ノロの視界におんちゃん入る。
おんちゃん、酒瓶片手に打ち上げられた魚のように寝転がっている。バリボリ音をさせてなにやら食べている。

ノロ「おい、そこのおんちゃん。おんちゃん、おれおれ！」

おんちゃん「おー……帰れ」

おんちゃん、起きあがろうとするが倒れる。
なんとか立ち上がりケンケンパ。

×　　×　　×

ケンケンパして、尻もちをつくおんちゃん。
おんちゃん「お母さんとこにはいったんか？」
ノロ「……まだ」
おんちゃん、岩の隙間をぬいながらフラフラ歩いている。
おんちゃん「いいか、体は腐っても、魂だけは腐らん。話しかけろ。聞こえるもんはある」
おんちゃん、酒瓶を一気に飲む。
ノロ「……ほどほどにしとき」
おんちゃん「嘘が真で通る世の中を大股開きで闊歩して何が悪い！」
おんちゃん、ノロを指差す。
突然、倒れるおんちゃん。
ノロ「ん？　おんちゃん？　おんちゃん？」
おんちゃん、いびきをかき始める。

26 大岐《おおき》の浜

シバテンが倒れたおんちゃんを叩き起こす。

遠くから徐々にしばてん踊りが聞こえてくる。
『タプン、タプン』
ノロ、頭を小突く。
おんちゃん、シバテンに担がれて連れて行かれる。
シバテンはおんちゃんを容赦なく叩き起こす。
おんちゃん、ノロをみる。

ノロ「は？」

おんちゃん「おまえいけ……」

シバテンはおんちゃんを叩き、まじまじと見つめる。

おんちゃん「具合が……わるいからあいつと？　ダメ？」

シバテン、容赦なくおんちゃんを叩き、まじまじと見つめている。
おんちゃん、しぶしぶシバテンと相撲をとる。
おんちゃん、簡単に勝つ。
シバテンは物陰に逃げていく。
別のシバテン、物陰から走ってやってくる。

シバテン「おんちゃん相撲とろう、とろうちゃ」

延々、相撲をとらされる。

おんちゃん「ノロ、交代！　ノロ！　ノロ！」

水面に相撲をとるおんちゃんとノロの影が揺れている。

27　母の家・庭

洗濯機が回っている。

×　×　×

母、洗濯物を干している、網戸に何やら見つける。

母「しらない子」

網戸にはりつく、カエルに話しかけている。

母「お前は、どこから来たんだい」

カエルは、生きているのか、死んでいるのか。全く微動だにしない。

母「そこにいたら干からびて死んじゃうよ。オーイ。オーイ。カエルくん……」

縁側に置いていたハサミを手に取り、庭に咲いている花を切る。

28 母の家・玄関

母、切った花を玄関の花瓶にいける。

29 スーパー

母、カートを押し片手に手書きのメモ。食材を探している。

30 スーパー・駐車場

車で去っていく母。

31 母の家・内

仏壇のある部屋。遺影が並んでいる。
線香の煙が真っ直ぐ伸びずに、ゆれる。

母「きてたかね、来るんなら前もって言っとき。初盆にもかえらんで」

窓からノロ、遠くから歩いて来るのが見える。

母「……死んだら、線香の煙が食事やきね」

×　　×　　×

母、台所で洗い物をしている。

母「今年は、4年ぶりにツバメが巣をつくってねぇ。かわいらしいことよ。あんたしっちょった？　スズメって害鳥なんだって」

ノロには母がぼやけている。

ノロ「……」

母「ツバメは幸福を呼ぶんやと、言い間違えたらオオゴトよ」

遠くで、じいが独り言を言っている。

じい「ありゃ……？」

じいの独り言がまた聞こえる。

母「お父ちゃんの独り言が増えたねぇ。どんどん、余計なもんを口から出しゆうがかね？」

×　　×　　×

家計簿をつける母。終わるとアルバムを手に取る。

母「今日、妙な、夢をみてね。あんたら親子が木造船漕ぎよって、楽しげにプカプカ浮いとった。いっくら呼んでも振り向かんし……。駅まで送っていこうか？　って聞いても、俺たちは墓にかえるんだよって。そこであっそっかって。死んでも親と子は変わらんね。いつでも心配なもんよ」

母振り返る、窓の外にノロのパネル（アルバムの写真と同じ）。

ノロ「……昔はよく川下りしたね」

パネルを見つめる母を見つめるノロ。

32　母の家・縁側

じい、縁側にすわり、おやつをバリボリ食べ、コーヒーで流し込む。

準備運動を始める。山水が注ぎ込む池を覗く。

じい「ありゃ、水がこん」

33　ネムノキ

家の前のネムノキが風にゆれている。
じい「ま、人間いろいろあらあ」

34　道

道端に乱雑に置かれている椅子。
酒を飲みながら、鼻歌を歌うおんちゃんが腰掛けている。
ノロ「ごきげんさん。真昼間から酒かい」
おんちゃん「ほっとけ、酒に流してもらわんと。始まらん」
おんちゃん、内ポケットから小瓶を取り出す。小瓶の中には遺骨。
小瓶ごしにノロを見つめる。
おんちゃん「お前の親父よ。流れー流されーどこへいくー」
おんちゃん、立ち上がりノロに近付こうとするがふらつき倒れる。
おんちゃん「お母さんおったか？」
ノロ「うん」
おんちゃん「盆にも間に合わんノロマにびっくりしたろ」
ノロ「……おんちゃん、手貸してくれ」
おんちゃん「ノロ。杖」

35 地蔵

おんちゃん、ノロにつかまりながら歩いている。
地蔵が立っている。
地蔵の前におかれた小銭を全部ポケットにいれはじめるおんちゃん。
おんちゃん「たまっちゅう、たまっちゅう」

36 神社

ノロ、おんちゃんの体を支えながら歩いている。
集落の神社。
おんちゃん、ポケットに入っていた手持ちの金を全部、賽銭箱にいれる。
ノロ「イミワカラン」
おんちゃん「馬鹿！　意味なんて……あってたまるか！　溜まってるもんは流さんと腐るだけよ」
ノロ「……」
勢いよく手を叩く。ぶつぶつ願いを呟くおんちゃん。
ノロ「祈りは感謝を告げるもん」
おんちゃん「……そんなもん……生きちゅううちに言わんでどうする」

37 船着場

船に寝っ転がり小石を投げるおんちゃん。

おんちゃん「生きちゅうもんは難儀なもんよ……。祈りでもって別れを飲み込む。必死に袖を引っ張るのも忘れて、また死を嗅いで、今にチョンと触れる」

川を見つめるノロ。

ノロ「……もう少しだけ流すのまってくれない？」

ノロ、振り返るとおんちゃんがいない。

38

セレクトショップ・前・道

商店街を歩くノロ。

ショーウィンドーに近づいていくノロ。

マネキンを見つめるノロ。

39

セレクトショップ・店内

ノロ、マネキンから服を脱がし母へ渡すため紙袋へつめる。

Bialystocks の二人が違うマネキンを見つめる。
おもちゃのピアノを弾く Bialystocks の一人。
ノロ、マネキンの服に着替え出ていく。

40 土手

ノロ、土手を歩く。
『ポチャポチャ』
水がたまってきたような音。
頭を小突く。水中で鯨が泳いでいるような音、近づいていく。
少し小走りになるノロ。
Bialystocks の二人が後を追っかける。

41 船着場

ノロ、一人で船の練習をしている。

42 母の家・外・台所

家の外に作られている、簡易の台所。水が排水されている。
じい、魚のうろこを取り、さばいていく。

× × ×

藁を燃やし、さばいた魚を炙る。

× × ×

氷水に炙った魚をいれる。
ノロ、なかなか家に近づけず、家の外で行ったり来たりしている。

43 母の家・玄関

ノロ、紙袋をおく。
少し離れて紙袋をみつめる。首をひねるノロ。
紙袋を回収し、洗濯竿にひっかける。

44

母の家・内

母、日記を書いている（どうやら冬はこえられそうにない……）。
線香の煙が揺れているのを見つめる。
母を見つめるノロ。ボヤけてしか見えない。

ノロ「……明日また、川下りでもせん？」

母、窓の外を見ているがノロと目線は交わらない。
線香の煙は渦を巻いている。
窓の外ではノロが紙袋を回収している。

45

家の前の道

散歩する、母。
その少し後ろを歩くノロ。

母「……明日も晴れたらえいね」

ノロ、母に触れようとするが立ち止まる。

母が離れていくのを見つめる。
ノロ、逆方向に歩いていく。
母、振り返るも誰もいない。

46　船着場

ノロ、一生懸命こいでいるが全然船が進んでいない。
ノロ「ちょっとま」
ノロ、いっくらこいでも元に戻れない。
グルグル、回り出す。
おんちゃん「川で踊りおる」
ノロ「ちょ、まっ」
おんちゃん「……早く帰れ、ノロマが」
ノロ、川に落ちる。

47

母の家・倉庫

じい、家のシャッターを全部閉める。

48

母の家・窓

暴風。じいが何やら雨戸を閉め、空を反り返りながら見ている。
窓から、じいを見つめる母。

49

母の家・玄関

玄関の花瓶にいけた花が枯れている。

50

橋の下

雨が降ってくる。ノロ、橋の下で雨音を聞く。

ノロ、紙袋を川に流す。
ノロ「生きてるもんが生きてるもんに渡さんでどうする」
ぼーっと水面を見つめている。徐々に強くなる雨。
水に映る自分と目があう。小石を投げる。
風の音、雨音、川を流れる音が、人の声に聞こえてくる。
ノロ、川の流れのように、目の前を横断する声を聞かないように耳をふさぐ。
『ポチャポチャ』
ノロ、鳴り始めた頭を何回か小突く。
おんちゃん「……潮吹く魚（鯨）が泳ぎゆうのみたらしまいよ」
ノロ、手を双眼鏡の形にさせて覗く。鯨の鳴き声、水面から飛び出し潮吹く音。
『カランコロン』
なにやら空っぽな音が虚しく響く。音は聞こえなくなった。
Bialystocks のメンバーが川に流れていく。

51

空き家・外

建物が雨に打たれてふきとびそう。しなり、打楽器のように音を奏でる。

52

空き家

おんちゃん、ソファーに寝転がり、ラジオを聞いている。天気予報。台風が来る。おんちゃん、バリボリ、遺骨を食べている。

おんちゃん「……ようふる。よけふる」

ノロ、扉には鍵がかかっており外で佇んでいる。扉を叩くもおんちゃん動かない。

ノロ「おんちゃん」

おんちゃん「今年はよけふるのぉ。びゃーびゃーじゅぶじゅぶふるばーのもんよ」

おんちゃん、家の中をぐるぐる徘徊。空き瓶、空き缶の口という口から声が聞こえ始める。指でふさいでいくも指がたりない、転倒。

『カランコロン』

ノロ、頭の中で鳴る音がでかくなっていく。

おんちゃん「……うじうじうじうじ、はよ帰れ」

ノロ、苦しそう。ひたすら頭を小突く。

ノロ「おんちゃん」

おんちゃん「そんなにいたいなら川の藻とか草にひっかかった粗大ゴミになったらえい。浮かぶ事も沈む事もせん。ぷかぷか。俺みたいにずーっと浮いとったらええ」

ノロ「母は、したいことは全部人のために後回しにしてきた人やき。なるべく明るい顔をみせてあげて。おんちゃんも流されるのもたいがいに……おんちゃんは、まだ、自分であることをやめんで」

おんちゃん「……」

ノロ、走り去る。おんちゃん、鼻歌を歌う。

53

母の家・窓

窓を眺める母、パネルのノロが窓の外で佇む。

母「雨はしゃーない。天命よ」

ノロ「……」

母、テレビに映る増水した川を見つめる。

母「近頃川の調子がわるかったき。洗濯よ、台風が洗濯してくれゆう」

ノロ「……」

線香の煙が渦を巻く。

ノロ、走ってやってくるも母が全くみえない。

ノロ声「生きてるものが死んでいて、死んでるものが生きてるような」

母「……嵐になる前に、はやくかえり」

ノロ、母が見つめるパネルの前に立つが、ノロの姿は母には見えていない。

母、日記を書き始める。

母「台風さんこんにちは、またお通りになるんですね。お気をつけて
おかえりください」
ノロ、自分のパネルを持って走る。

54 ネムノキ

家の前のネムノキが激しくゆれている。

55 沈下橋

日光が、水面を照らす。
完全に川の中に沈下した橋、姿が見えない。

56 空き家

酒瓶、缶に埋もれている、おんちゃん起きる。
おんちゃん、ゆっくりと起きあがり、あたりを見渡す。

×　×　×

水をごくごく飲み。ジャケットを羽織り。髪を整え、時計を身につけて家から出ていく。

57　酒屋

おんちゃん、内ポケットに入っていた金を出し、酒を買う。

58　道

おんちゃん、墓へむかう道の途中でしきびをむしりとる。

59　墓

おんちゃん、肩をグルグル回している。
手には、しきびと米と酒。
おんちゃん「……コッチがソッチにのりかかって……なぁ。いつまでも……いつまでも……そうよ、死んだら。おわりよ。すまんかったなぁ。よりかかってばっかで」

水差しにたまった、腐りきった水をすてる。

竹ぼうきで掃除をはじめる。

×　×　×

おんちゃん、墓石に米を置く。

おんちゃん「めんどうやのぉ。こっちからはなんも見えん」

おんちゃん、土を呆然と見つめる。

おんちゃん「おまえら。死ぬのはええが、残されたもんを墓から手だして助けられんぞ？」

小瓶に入った遺骨を取り出し、すべて手に乗せ、息で吹き飛ばす。

60　母の家・内

仏壇のある部屋。

線香を立てると、線香の煙が真っ直ぐ伸びる。

母、真っ直ぐ伸びる煙をじーっと見つめる。
おんちゃん「おるかよ」
母「はいはい」
母が勢い良く立ち去ると、揺れる線香の煙。

61　母の家・玄関

おんちゃん「おるかよ」
母「はい、はい。あら珍しい。ちょっと待ってね」
おんちゃん「いやいや、えいえい。ちょっと墓参りのついでに寄っただけやき。これじい様に」
おんちゃん、酒を玄関に置く。玄関に腰掛ける。
母「近頃墓まで遠くてね。全然いけてない、体はそっちをむいちゅうけどね」
おんちゃん「昨日はよけふったね……」
母「本当、去年もそうとう降ったけんど……今年もかね？」
おんちゃん「異常やね……体調は？　しんどくないか？」

母「大丈夫よ」
おんちゃん「家のことと洗濯、掃除ずるうないぜねぇ」
母「やれる事だけのんびりやりゆう」
おんちゃん「……台風の後は、川が綺麗なこと」
母「洗濯よ洗濯。なんもかんも全部ながしゆう」
おんちゃん「俺も洗濯されたいもんよ」
母「そうよそうよ」
母、お茶をおんちゃんに渡す。
一気に飲み干すおんちゃん。
おんちゃん「ノロマが昨日まで夢に顔出してきちょってね。いつも突然よ……」
母「あぁ、妙にね。線香の煙がゆっくりと揺れた気がした。……ただ、いつもやきね、いっつも、そんな気はするがやけんどね……」
おんちゃん「……無事帰れたか知らんけど」
母「なんでもギリギリになるき。いまごろ走りゆうろう」
おんちゃん「……」
母「難儀なけんど、しゃーない。天命よ」

母、おんちゃん、少し笑い合う。
母、おんちゃんが飲み干したお茶を片付ける。
母「死んでからも笑い話になるいうのは、幸せもんの証。私もそうなれたらおんのじよ」
おんちゃん「……」
時計をみるおんちゃん。
おんちゃん「心配ばかりせんと、もう少し自分のために生きてもよかったんやない？」
母「そうかね……あ、曇ってきたね」
おんちゃん「……さてさて。いこか」
笛を吹く。

62　母の家・内

母の日記を覗くように風が吹く。
ペラペラとめくれる日記。断片的に見える。
母声「みんでええき」

母の手が伸びて日記を閉じる。

母声「また来年、気をつけてかえり」

ノロの手が伸びてきて日記をめくる。

ノロ「……がんばれとは。よぉいえんかったけど、こっちは大丈夫……

大丈夫」

ノロ、椅子に腰掛け母の日記を見る。

母声「手をあわせ、想像しながら、たまに遺影と目を合わせる。雨が降って、死者に語りかけていた言葉は雨音が消しさる。そんなことに気を取られて、あわてて洗濯物を取り込むハメにいつもなる。あなた達との約束、あなたとの会話、常にそんな気がするだけで、だれのせいでもない事をついついあなたのせいにしてしまう。いるかもね。仕業かもよ。いつか夢にくらい少しは顔をだしてくれたら……」

途中ノロの声が、母の声と重なる。

再び風が吹きペラペラとページがめくられる。

63
線路・車窓

始発の電車、車窓。

64
母の家・倉庫

じい、シャッターを開ける。
クワを用意。長靴に履き替える。

65
畑

じい、籾殻を撒いている。

66
母の家・縁側

ノロ、じいをみつけ隣に腰掛ける。

じい、縁側に座ってコーヒーを飲んでいる。

雲行きがあやしい。

じい「また雨かえ？」

じい、コーヒーを飲んでいる。

じい「……ダレタ。なんちゃ急ぐことはないきね。ゴトゴトよ」

じい、カップをおく。

じい「親より先にいく。これば親不孝なことはないきね。おまえさんには長生きで元気でおってもらわな」

じいの笑い声が響く。

ノロ「……いくつになっても親は親、子は子やね」

じい「ありゃなんじゃ？　ハエか？」

じい、くしゃみ。

67　母の家・庭

ノロ、洗濯物を眺めている。

縁側に置いていたハサミを手に取り、庭に咲いている花を切る。

68

母の家・玄関

窓越しに母が座っていた椅子に目を向ける。
ノロ、母と目があったような気がした。

ノロ、枯れた花を捨てて、切った花を花瓶にいける。

タイトル「はだかのゆめ」

そうなー たいようが はんぶん しずもう と しているときー つき
はつきが ゆめはゆめが つき の うらで しゃり んを ーまわし ゆめ
はゆめをー つくって る Uh
はる のあさ あおいほしのようにきぼうにむかってふるえていたねなつ

終わりのない歌

作詞／田中 暢　作曲／甫木元 志津

4
うたー　あきの　つちのうたー　ふゆ
の　いしのうたー　おわ　りのない　うたを　うたお
う　おわ　りのない　うたを　うたおう　おわ
りのない　うたを　うたおう　おわ　りのない　うたを　うたお
3
3
3

のひる かぜがとまり あせ はくだけち ーるあき のたそがれたいようにむかってか
なしいとあみをうった ふゆの よる ゆきのふるおと ゆ きの ふ る おーと
おとのな いおと おとのな いおと かぞえたー
は るのくさの うたー な つのかわの

う た を う ーたおう お わ り
りのない うたを うたお う おわ りのない うたを うたお
の ーない う た を う ーたおう
う おわ りのない うたを うたお う おわ
Ah Ah
お わ り の ーない う た を
りのない うたを うたお う おわ りのない うたを うたお
3

う　はるのくさの
うたー　なつのかわのうたー　あき
のつちのうたー　ふゆの　いしのうた
おわりのーない
ー　おわりのない　うたを　うたおう　おわ

終わりのない歌

春　夏　秋　冬　どんなに時が過ぎても
忘れてはならない　季節が　あった
今にも　空から　はみだしそうな　太陽が半分
沈もうとしている時　月は月が　夢は夢が
月のうらで　車輪を回し　夢は夢を　創ってる
春の朝　青い星のように　希望にむかって　ふるえていたね
夏の昼　風が止まり　汗は砕け散る
秋の黄昏　太陽にむかって　悲しい投網をうった
冬の夜　雪の降る音　雪の降る音
音のない音　音のない音　かぞえた
春の草のうた　夏の川のうた　秋の土のうた　冬の石のうた
終わりのない歌を　歌おう
終わりのない歌を　歌おう

Ah
う　ーたおう　おわり　のーない
う　おわ りのない うたを うたお う　おわ
Ah
う　たを　う　ーたおう
Ah
りのない うたを うたお う　おわ りのない うたを うたお
Ah
う　おわ りのない うたを うたお う　おわ

はだかのゆめについて

甫木元尊英

5年前に老いた父親の面倒をみるために娘と孫二人が帰ってきました。

夕食の後は囲炉裏端で、埼玉のことや、孫たちの仕事など楽しい談笑、五目並べのリーグ戦をやったり、しばらく四人で楽しい日々を過ごしていましたが、娘が病魔におそわれ、通院、入院を繰り返し、1年前に帰らぬ人となりました。

娘は私の面倒をみるために帰省したが、自身が病気になり落胆した事だろうと思います。その事はおくびにも出さず毎日食事、洗濯、掃除をよくしてくれました。おつかれさんでした。

ある日、孫の恩師青山真治先生が、四万十町取材のため滞在することになりました。夕食の時お酒をすすめましたが「私は飲めません」と言いましたので、私だけ飲みました。しかし後で娘に聞きますと、体調不良で禁酒だったのです。

孫が今の表現の道に進んだのも青山先生や、演出家であり演劇の仕事をしていた父との生活があったからだと思います。

入院して体力をなくしていく母を見るにつけ孫はつらかった事だろうが孫はなにも言わず、じっと耐えていた。私からもっともっと、なぐさめ、励ましてやらなかったかと悔が残ります。せめてもの救いは2番目の孫に子供が出来、病院に見せに来たことでした。余命少ないものにとって、これ以上のなぐさめはなかったのではないでしょうか。

そんなつらい思い、また懐かしい思いを映画・小説に残そうとしたのではないでしょうか。娘が育った里。すばらしい自然（山、川、田、畑）。周囲の人々の心の温かさを作品に残したかったのではないだろうか。

天国の娘も満面の笑顔で喜んでいると思います。

あとがき

埼玉から母の故郷高知に移り住んで5年。今年も朝靄が四万十川を覆い隠し、チッカンチッカン生姜を掘るおんちゃん、おばちゃんの笑い声と共に冬が顔を出した。移住前は想像もしていなかった東京高知の行ったり来たりを繰り返し、映画や音楽を作る生活を送っている。

今年は完全にメジカの新子を食す時期を逃した事に絶望し、谷岡食堂で鯖寿司と中華そばを注文。チャーシュー、かまぼこ、タケノコ、ネギ、シンプルな具材が浮かぶスープに、細麺が黄金に光る。お酢の甘みにほんのり塩味を感じる鯖寿司がよく合う。

「人間なる様にしかならんきね。まぁ、これ飲めゆううちは上等よ」

今日もまた爆音の大相撲中継と共に、年をまたげばすぐに91になる祖父がなにやらボヤいている。聞くとまた葬式があった様。毎日17時から始まる晩酌は、缶ビール1杯、季節問わず焼酎のお湯割りを3杯。今の時期少し黄色が混じった庭に生えているブシュカンを数滴焼酎にたらす。

「今朝新聞のお悔やみ欄に同級生がのっちょってね。なごういきすぎたかね？　ここらじゃ同級生はもうひとりもおらん……」

こんな感じで90年も人間を続けると生死の話が、酒を飲む祖父からポロポロとゲップと同じように出てくる。

5年前余命宣告された母に呼ばれ高知の生活は始まった。

時間が有限である事を告げられた母と生活をする中で自分は何をすべきなのか分からず、ただただ話を聞いて、祖父や母の言葉を記録する事を日課にした。食事をつくり、洗い物をして、洗濯をする。取り止めのない会話を繰り返しながら同じ時間を生きてるつもりなのに三者三様。死への距離感と共に伸び縮みする時間。今思うとできる事をしながら母と共に自然と生きるという事について懸命に模索する何にも代え難い時間であった。

そんな日々の記録から生まれたこの小説を祖父に読んでもらった。

読み終わった祖父の感想は「そうよそうよ。全部夢夢、うん、そう思うた」ボソボソと恥ずかしそうに呟いた祖父の横顔に少し救われた。

悲劇を語るのは簡単で、喜劇を語るのは困難だ。誰かを悪く言うのは簡単で、誰かの良いところを見つけるのは難しい。

母は、冬を越す事ができなかった。父も。

母の葬儀の日、晴天に降りしきる雪にいじらしさを覚えながら、ここからは一人で生きていかねばならない。

誰かのために生きてるつもりになっていたが、その誰かももういない。段取り通りの葬儀。元気よく鳴くクラクション。

最後病室で話した母との会話が頭の中を駆け巡る。

「母はなにしてる時がたのしかった？」

「作曲かな……自分の世界にはいれるから……こんな話できてなかったね……」

涙を溜めて天井を見つめ、ベッドの柵を強くにぎり、体をひねり溢れるように、

「これが夢だったらなぁ」

母はつぶやいた。

「自分が満足いく仕事をするんだよ」

中学の頃、父と母二人揃って癌になった時から、残された時間の中で自分に何ができるのか模索してきた。二人が亡くなった今、自分の歩幅や足跡をみて、自分がいかに父や母を起点に、徒歩圏内を右往左往していたかが分かる。

これからは自分のペースで、ときどき他人のために。

昨年映画を撮れるチャンスをもらい、当時書き残していた母や祖父の言葉をもとに映画の脚本を書いた。ロケ地は我が家、死に直面する時誰もが一度は夢見る、あと少し生きてくれたらという願いを「はだかのゆめ」というタイトルに込めた。

蟬の抜け殻、洗濯物の揺れ、いつまでも帰らないカエル、土と喧嘩する様に耕す祖父、容赦無く打ちつける荒波、ただただ風に身を任せ揺れるネムノキ、抵抗せず沈む事を前提に作られた沈下橋、全てを洗濯するような雨。物語より饒舌なこの風景を記録し、残したい。それが弔いだと思い、なにをするにも遅れるノロマな幽霊が主人公のロードムービーを撮影した。

母が亡くなってもうすぐ2年、もう少し当時の事を冷静に振り返れると思っていたが、遅れてくる事が映画であるという恩師の言葉を思い出す。母の残したものを片付けられずまた甫木元家は少しずつゴミ屋敷と化してきた。今になってやっと夫を亡くした母の気持ちが少し分かる気がする。残すという事は、生きてる側、看取る側のエゴなのか。分からない事はつのるばかりだが「なる様にしかならんきね」と言う祖父の言葉に唆され、父と母が残してくれた「終わりのない歌」の様に音楽、映画、小説として残した。

祖父が晩酌の時間にこぼす愚痴、母の洗濯物を干す音、父の風呂場から聞こえてくる音痴な歌……これが誰かの始まりの物語になってくれたら嬉しい。

２０２２年11月某日

甫木元空

初出　「新潮」２０２３年３月号
装画　並行小舟唄（竹﨑和征＋西村有）
装幀　重実生哉

はだかのゆめ

著　者

甫《ほ》木《き》元《もと》空《そら》

発　行

2023年10月20日

発行者　佐藤隆信
発行所　株式会社新潮社
〒162-8711　東京都新宿区矢来町71
電話　編集部　03-3266-5411
　　　読者係　03-3266-5111
https://www.shinchosha.co.jp

組版　新潮社デジタル編集支援室
印刷所　大日本印刷株式会社
製本所　加藤製本株式会社

乱丁・落丁本は、ご面倒ですが小社読者係宛お送り下さい。
送料小社負担にてお取替えいたします。
価格はカバーに表示してあります。

ISBN 978-4-10-355191-1 C0093